HARINEZUMI

contents

第三章

第四章

成り上がり英雄の無人島奇譚
～スキルアップと万能アプリで美少女たちと快適サバイバル～ 2

絢乃

PASH!文庫

第三章

【第三章　プロローグ】

俺、麻衣、美咲、由香里の4人は、島からの脱出に失敗した。

だがそれは俺たちの事情であり、魔物ひしめくこの島には関係ないことだ。

そのため、夜になると何ら変わりなく恒例行事がやってきた。

徘徊者戦である。


1時50分、俺たちは拠点の出入口付近で待機していた。

「さすがに今日は気が乗らないな……」

「ですね」と、力のない笑みを浮かべる美咲。

そんな中、ムードメーカーの麻衣が元気に振る舞った。

「強化完了！　HP27万5，000！　防御力6！　これはもう難攻不落っしょ！」

防壁のHPを上げたようだ。防御力を無視する新種・バリスタ兵に備えてのこと。

「それだけ強化すれば、ひとまず前回の二の舞にはならないで済みそうだな」

「二の舞？」

由香里が俺を見る。

「昨日の徘徊者戦はかなり危なかったんだ。バリスタ兵に防壁を壊されてな」

「そうだったんだ」

「由香里は栗原の拠点にいたんだよな？　そっちはどうだった？」

「大きな問題はなかったかな。栗原が『戦闘訓練』とか言い出して、Aランクも含めて全員が外に出て戦うことになったから」

「そりゃ楽勝だな」

　栗原のギルドには50人以上が在籍している。それだけの人数が外で戦っていたのなら、バリスタ兵は攻撃態勢が整う前に死んだだろう。

　その光景を想像した時、俺はあることを閃いた。

「よし、俺たちも外に出て戦おう！」

　女性陣が「えっ」と驚いた。

「打って出るの⁉　私ら4人しかいないのに？」

　正気の沙汰ではない、と言いたげな麻衣。

　俺は目の前のフェンスをコンクリブロックから抜いた。

「分かっているさ。だから最初から最後まで外で戦おうとは思っていない。軽く戦ってみて厳しいようなら籠城する」

「厳しいと思うけどなぁ。だってあの数だよ？　突っ込んだらあっという間に包囲されて逃げる余裕すらないって」

美咲は麻衣の言葉に頷（うなず）いた。

「その点も考えてあるぜ」

俺は〈マイリスト〉を開き、防壁のすぐ外にバリスタを設置した。

「矢の装塡は復元機能を使えば一瞬だ。極太の矢を連射して蹴散らしてやる！」

「バリスタ対決かぁ！　なんか燃えてきた！　あ、でも数の差があるんじゃない？　昨日は10体以上いたよ？　今日はもっと多いかもしれないし」

「数は劣っていても攻撃速度はこちらが上だ。昨日と同じなら善戦できると思う」

「大丈夫だよ、麻衣。私もいるから」

由香里は闘志に満ちた顔で弓を握る。弓道の達人たる彼女だけは、バリスタに頼らず自前の弓で戦うつもりのようだ。実に心強い。

「そろそろ始まるから作戦を再確認しておこう。まずは防壁から打って出て迎撃だ。敵の戦術が昨日と同じなら、バリスタ同士の撃ち合いでバリスタ兵を潰す。別の場合は状況によるが、近接戦闘を狙っているようなら防壁内に避難して籠城戦だ」

麻衣と美咲もバリスタを展開する。

時刻が2時00分になって徘徊者戦が始まった。

コクーンのアイコンが赤く染まり、森がざわつき、徘徊者の咆哮（ほうこう）が響く。

「戦闘開始だ！」

攻撃準備を済ませて待機する俺たち。

「「「グォオオオオオオオオ！」」」

暗闇に染まった森から徘徊者の軍勢が現れた。陣形は昨日と同じだ。15体のバリスタ兵を頭にしている。

「撃て！」

敵が射程圏に入った瞬間、俺たちは一斉射撃を開始した。先手必勝だ。

バリスタから放たれた極太の矢が、敵を兵器ごとぶち抜く。

「しゃー！　バリスタ兵を潰した！」

「麻衣さん、復元して次の矢を放たないとダメですよ」

「おっと、そうだった！」

麻衣と美咲が同じタイミングでスマホを取り出す。

「絶対に勝つ」

由香里は恐ろしい速度で矢を連射している。一度に数本の矢を持ち、ポンポンポンとテンポ良く放つ。それらは的確にバリスタ兵の脳天を射貫(いぬ)いていた。

「なんつー腕前だ！　流石(さすが)は弓の名手だぜ！」

由香里の強さは俺たちの想像を凌駕(りょうが)していた。殲滅(せんめつ)速度が尋常ではない。たった一人で俺たち3人以上の効率を叩(たた)き出している。

「由香里すごっ！　最強じゃん！」

「すごいです、由香里さん！」

麻衣と美咲も感嘆している。

由香里は何も言わず、静かに笑みを浮かべた。

「よし、完封だ！」

バリスタ兵は何もできないまま全滅。文句なしの封殺だ。

「「グォ！　グォオ！」」

ノーマルタイプの徘徊者は吠えるだけで近づいてこない——と思いきや、連中は両サイドに移動して道を空けた。

その道を進んで追加のバリスタ兵がやってくる。数はまたしても15体。

「ふっ、馬鹿の一つ覚えだな。もういっちょ潰してやれ！」

俺の合図で一斉射撃を再開。新手のバリスタ兵も為す術なく消えた。

「何度でもおかわりしてみろよ！」

バリスタ兵はエリートタイプ。討伐報酬は1体1万Ｐｔだ。

これは矢の装填に費やすポイントを大きく上回っている。倒せば倒すだけ黒字だ。

俺たちからすれば2時間ひたすら今の調子で続けたいところ。

しかし、敵はそうさせてくれなかった。

「「グォオオオオオオオオオオオオオオ！」」

待機していたノーマルタイプが突っ込んできたのだ。

「バリスタ兵が通用しないと見るや考えなしの突撃か」

それならそれで問題ない。

「予定通り籠もるぞ！」

俺たちはバリスタの矢を放ってから拠点内に逃げ込む。

――が、由香里だけはその場から動かなかった。

「由香里、早く中に入れ！　危ないぞ！」

「まだ大丈夫」

由香里は限界まで戦った。危なくなっても走らず、じわじわと後退しながら矢を放つ。最後の一発に至っては、左半身だけ防壁から出して攻撃していた。

「へぇ、武器さえ外に出ていれば防壁の内側からでも攻撃できるのか」

新しい発見だった。この仕様は何かと有効活用できそうな気がする。

「そういうことなら俺も！」

俺は右半身だけ防壁から出した。その状態で、右手に持った刀を振るう。

「グォオオオオオオ……！」

恐れ知らずの徘徊者を何体か倒した。

「これなら安全に戦えるな」

とはいえ、現状を維持できるだけの戦力はない。これ以上は危険なので、俺たちは攻撃を中断して籠城戦に移行した。

「「グォオオオオオオオオオオ！」」

大量の徘徊者が防壁に張り付き、必死になって攻撃している。

「どうせノーダメージだというのに頑張る奴等だ」

ふっと笑う俺に対し、麻衣は「違う！」と声を上げた。

「ノーダメージじゃないよ！」

「なんだと？」

「少しだけどダメージが入っている！」

「本当か！」

慌てて防壁のステータスを確認すると、たしかにダメージを受けていた。

ダメージ量は一度の攻撃につき2。

つまり、敵の攻撃力が6から8に上がっているのだ。

「攻撃力の強化がザコに限定されるとは思えないし、バリスタ兵の固定ダメージも上がりそうだな」

「今後も定期的に防壁を強化する必要がありそうだね」

防壁のHPと防御を毎日1回は強化したい……が、防壁の強化費用は1回につき10万ptもかかる。

どちらも1回ずつ強化するとなれば、それだけで20万。決して安くはない。

「とりあえず今日のところは楽勝そうだねー」

「そうだな」

とはいえ油断できない。壁に掛けてあるフェンスを正面に立て、念のため待機しておく。

だが結局、そのまま4時になって戦いが終わった。

敵の勢いは凄まじかったが、攻撃力が足りていなかった。防壁のHPを半分すら削れなかったのだ。

俺たちの完全勝利である。

「お疲れ様！」

皆で仲良く「ふぅ」と安堵の息を吐く。

落ち着いたところで俺は提案した。

「由香里の加入で4人になったし、今後の徘徊者戦はローテーションを組んで臨むか」

「二人一組で交替しながら監視するってこと？」と麻衣。

「その通り。監視の数は一人でもいいと思うが、急な腹痛でトイレに籠もるような事態も想定して二人にする」

今まで徘徊者戦の前後で睡眠をとっていた。数日なら問題ないが、長期的にこの習慣を続けるのは望ましくない。睡眠の質が低下するし、なにより体に堪える。

「私は賛成！　しっかり寝ないとお肌に悪いしいいと思う！」

麻衣に続き、美咲と由香里も賛成を表明した。

「ペアはどう決めるの？」

由香里が尋ねてきた。

「そうだなぁ……」

3人は何も言わずにこちらを見ている。俺に判断を委ねるつもりのようだ。

「俺と美咲、麻衣と由香里で組むか」

「え⁉ 私が由香里と⁉」

「それはやだ」

麻衣と由香里が同時に反対を表明。

「いいじゃないか、二人は仲良しなんだし」

「そんなことないし！」「そんなことない」

全く同じタイミングで否定された。

美咲が「あらあら」と笑っている。

「タイプからして被(かぶ)ってるじゃん！ 私と由香里って！」

「タイプとは？」

「私は槍(やり)でツンツン、由香里は弓。どちらも後衛でしょ？ で、風斗(かざと)と美咲はどっちも前衛じゃん！」

「前衛と後衛でペアを組むべきと言いたいわけか？」

「そゆこと！」

「なるほど、却下だ」

「なんでぇ⁉」

「戦闘の必要がある時――つまり防壁が破られそうな状況だと、ペアに関係なく全員が集合している。だからタイプは関係ない」

「ぐぬぬ……そう言われると返す言葉が……」

俺は由香里に目を向けた。

「由香里はどうして嫌なんだ？　麻衣が嫌いなのか？」

「嫌いではないけど、うるさそうだから」

「ああ、そういうことか」

「いや『ああ』じゃないから！　黙ろうと思えば黙れるし！」

「それは無理だろ」俺は吹き出した。「数日の付き合いでも分かる。麻衣は静かにするのが苦手だ。1分すらまともに黙れない」

「うっ……」

「ま、嫌いじゃないなら麻衣と由香里はペアでいいな。二人は否定しているけど、俺はいいコンビだと思うよ」

「賛成です」と美咲。

「風斗がそう言うなら従う」

由香里は納得したが、麻衣はその後もブーブー言っていた。

とはいえ、彼女も心から嫌がっているわけではないようだ。

「じゃ、私はお風呂に入ってくるねー」

「私も失礼します」

「風斗、またね」

女性陣が浴室に向かったので、俺はスマホを見ながら自室へ。

「今後もバリスタ兵が中心ならいいのにな」

今回の徘徊者戦だけで約50万ｐｔ稼いでいた。

これなら防壁の強化も苦にならない。防壁の強化費が1回10万であり続ける限りは。急に値上がりする可能性も考慮しておく。

次にグループチャットを開いた。戦果を報告し、バリスタ兵の対策を共有する。

他所の状況はまちまちだった。環境や適応力の差が出ているようだ。

そんな中、絶好調なギルドが一つあった。

体育会系の生徒が大半を占める集団だ。約70人が所属する大所帯である。

「相変わらずつえーな」

この体育会系ギルドの特徴はなんといっても戦闘力だ。バリバリの好戦派で、徘徊者戦では率先して打って出ている。徘徊者の討伐報酬が彼らの主な収入源になっており、徘徊者に関する情報の大半がここから発信されていた。

今日も新たな情報……というか、ネタ動画が公開されていた。

その内容がこれまた衝撃的だ。

野球部の男が「ノック」と称し、硬球を打って徘徊者に当てている。テニス部の男子がサービスエースを決めるシーンも映っていた。どちらも敵を一撃で仕留めており、さらには愉快気に笑っている。とても命懸けの戦いをしているようには見えなかった。

　このネタ動画によってグループチャットが盛り上がっている。俺たちの脱出失敗により空気が重くなっていたので、体育会系ギルドの存在はありがたかった。

「負けてられねぇな！」

俺は金属バットと硬球を購入し、そそくさと拠点を出た。

ボールをふわっとトスし、全力でバットを振り抜く。

スカッ！

バットは空を切り、俺は激しく回転した後、その場に膝を突いた。

「人には得手不得手というものがある」

誰も見ていないのに言い訳をすると、ボールとバットを売った。

【麻衣の思わぬ提案】

それは、あまりにも突然のことだった。

遅めの朝食が終わり、皆で仲良くダイニングで一服していた10時13分。

突然、全員のスマホが鳴った。

『環境改善のためのアンケート』

画面にはタイトル通りのアンケートが表示されていた。質問内容はこの島に関することで、生活に満足しているか、不満な点はないか、等々。

「なにこれ、誰かのイタズラ？」

正面の席に座る麻衣が眉をひそめた。

「ハッキングでしょうか」

美咲はエプロンを脱いで麻衣の隣に座る。不安そうだ。

「風斗はどう思う？」

由香里が隣から顔を覗き込んできた。

「イタズラではないと思う。俺はこの手のＩＴ技術に疎いが、全員のスマホを一斉にハッキングするなんて無理がある。仮にできたとしても、そこまでしてやりたいことがクソみたいなアンケートって意味不明だし」

　スマホをポチポチするが、アンケート関連以外の操作は一切受け付けない。アプリを開くことはおろか、電源をオフにすることさえできないのだ。

「イタズラじゃないなら何よ?」と麻衣。

「俺たちをこの島に転移させた存在の仕業に違いない」

　それが自然な考えだった。

「この超常現象を起こせる存在なんて、そんなの神様じゃん!」

「神にしては迷惑極まりないし、こんなことをしでかす存在を神とは思いたくない。だから便宜的に『X』と呼ぶとしよう」

「X……それはそれでカッコイイのがムカつくなぁ」

「ははは。で、どうやらXに人の心を読む力はないようだ。だから俺たち、いや、おそらく全員の気持ちを知りたがっているのだろう」

「どういうこと?　Xにとって私らは実験体って言いたいの?」

「その通り。俺たちは被験者で、この島は実験場なのだろう。人間がマウスやラットを使って実験するように、Xも俺たちで何かしらの実験をしている。何を調べたいのかは分からないが、アンケートもその一環だろう」

　アンケートの最後が『ご意見・ご要望』コーナーになっている。それを見た俺は思わず笑ってしまった。

この状況で言いたいことなど、「帰らせろ」以外にあり得ない。Xにはそんなことすら分からないのだ。

「何がアンケートだよ、ふざけるなっての！」

麻衣はギッとスマホを睨みつけた。

「同感だが、悪いことばかりじゃないぞ」

「え？」

「アンケートのおかげで分かったことがある」

「分かったこと？」

「Xとはコミュニケーションが可能だってことさ」

「「——！」」

麻衣だけでなく、美咲と由香里もハッとした。

「そもそも今までXなる存在がいることすら知らなかった。だが今回のアンケートによって、俺たちの集団転移に謎の生命体Xが絡んでいると判明した。しかも都合がいいことに、Xは日本語を理解できる。それが分かっただけでも大きな進歩だろう」

「そっか、そういう考え方もできるんだ」

光明が見えた。その先に希望があるかは分からないが。

「風斗君、アンケートはどうしますか？　思った通りに回答していいのでしょうか？」

「いいと思うよ。どうせこのアンケートは他所にも届いているはずだ。俺たちだけ答えをすり合わせても意味がない」

「分かりました」

各自でアンケートに回答していく。

いよいよ最後の『ご意見・ご要望』コーナーに到達した。

「本当にふざけたアンケートだぜ」

迷わず『日本に帰らせろ』と書く。

しかし、回答を送信する前に思いとどまった。怒りをぶつけても解決しない。

（相手は人間のことを知りたがっているはずだから……）

少し悩んだ後、俺は冷静に回答を書いた。

『日本に帰る方法を明確にしてほしい。帰還方法が不明なままだと、この島を生き抜くためのモチベーションが高まらない』

これなら一考の余地があるはずだ。

実際、脱出に失敗してからやる気が下がっていた。俺たちだけでなく全体的に。

回答の送信が終わるとホーム画面に戻った。

真っ先にグループチャットを開く。案の定、他所にもアンケートが届いていた。

「このアンケートで何かが変わったらいいのにね」

由香里の言葉に、俺は「だな」と頷いた。

「私たちは籠の中の鳥よ！ ルルルー♪ コケコッコー！」

麻衣はおもむろに立ち上がり、両腕をパタパタさせながら出ていった。

冗談のつもりだと思うが、背中から漂う哀愁は冗談になっていない。

俺たちは何も言えなかった。

◇

由香里と二人で川に来た。

美咲が加入した時と同じく、石打漁(いしうちりょう)とペットボトルトラップについて教えるためだ。

「できたよ、風斗」

由香里が自作のペットボトルトラップをこちらに向ける。

「そうそう、そんな感じだ。あとはそれを川に設置してくれ」

「分かった」

由香里の作業はそつがない。機械のように一定のペースを維持しているのが特徴的だ。

静かにボトルを設置している彼女を見て、ふと気になった。

「そういや由香里、新しい服を買わなかったのか？」

俺たちは余っているポイントで服を新調することにした。帰還の糸口が見出せない現状だと、島での生活が長期化すると予想されるからだ。今まで着ていた制服は、拠点内に新設した洗濯室で洗っている。

しかし、由香里だけは今も制服のままだった。

「買ったよ、この制服」

「え？　また制服を買ったのか？」

「うん」

たしかに制服はコクーンでも売られている。

とはいえ……。

「どうしてまた制服を？　服なら色々あっただろうに」

「この制服、気に入っているから」

由香里が「ダメだった？」と俺の目を見る。

「ダメじゃないけど変わっていると思ってな」

コクーンにはありとあらゆる服が揃っている。一般的なものだけでなく、コスプレ衣装も豊富だ。その気になれば剣と魔法のファンタジー世界にいそうな格好にもなれる。

それでも制服を選ぶのだから、よほど気に入っているのだろう。

「私、風斗みたいに服のセンスないし」

「この服のどこにセンスがあるって言うんだ」

俺の服装は、白のシャツに黒のスキニーパンツ。靴は麻衣に買ってもらった性能のいいスニーカーだ。オシャレな奴が言う「抜け感」や「ワンポイント」はない。

「私はいいと思うよ」

何とも言えない表情で「ありがとう」と返し、スマホを取り出した。別の話題を探すためだったのだが、おかげであることに気づいた。

「お！　所持金が30万も増えているぞ！」

「30万Ｐｔも？　どうして？」

「さぁ？」

こういう時は〈履歴〉を見れば分かる。俺はすかさず確認した。

「通常クエストだ！　ついに出たぜ！」

30万の正体は通常クエストの報酬だった。

クエスト内容には「アイテムの累計製作回数：１００回」と書いてある。今しがた作ったペットボトルトラップで製作回数が１００回に達したようだ。

かつてド滑りした〈棘の壁〉で大量の槍を作ったが、あれは〈マイリスト〉の機能で量産したものだった。自分の手で作らないとカウントされないようだ。

「通常クエストってのは、ゲームで言うところの『実績』や『トロフィー』みたいなものだったんだな」

「風斗がまた新しい発見をした、すごい」

「たまたまだけどね」

とりあえずグループチャットで報告しておいた。すぐさま感謝の言葉とスタンプが返ってきて嬉しい気持ちになる。

チャットを閉じようとした時、スマホから「ピロローン♪」と音が鳴った。

麻衣が電話を掛けてきたのだ。彼女は今、美咲と一緒に料理の準備をしているはず。何かあったのだろうか。

俺はスピーカーモードで応答した。

『調子はどうだい、風斗っち！』

麻衣の声は明るかった。どうやら深刻な問題ではないようだ。とりあえず一安心。

「風斗っちってなんだよ」と返し、それから尋ねる。「で、どうしたんだ？」

『そこに由香里もいるよね？　スピーカーにして！』

「もうしてるよ」

『お！　気が利くじゃん！　由香里、聞こえてる？』

「うん」

『やっほー！　友達の麻衣ちゃんだよー！　アロハー！』

「……で、何？」

妙な間をおいてから答える由香里。てっきり「友達じゃない」と否定するかと思ったが、そんなことはなかった。

『別にー！　話しかけただけー！』

由香里は小さな笑みを浮かべた後、「あっそ」とそっけなく返した。

『で、風斗、本題なんだけどさ、ペットを飼ってみたいと思わない？』

「ペット？」

『そそ！　コクーンで買えるっしょ。知らない？』

「いや、知ってはいるけど」

コクーンには何でも売っている。それこそ生きた動物ですら取り扱っているのだ。しかも王道の犬や猫だけではなく、ゴリラやライオンなども扱っている。ポイントさえあれば動物園を経営できそうだ。

ただ、動物の購入は安易に行えない。本体代は1万ないし10万だから問題ないが、その後が大変なのだ。

餌代という名目で、毎日12時に結構な額の維持費を徴収される。これが払えない場合、購入した動物が全て消えてしまう。さらに、二度と動物を購入できなくなるという重大なペナルティ付きだ。

『おっと、先に言っておくけど、私はペットショップには反対だよ！　ペットを商売の道具にするのは良くないと思います！　でもこういう環境だからね、コクーンでないとペットを迎えることはできない！　これはもう仕方ない！』

「何でもいいから話を進めろよ」俺は苦笑いで言った。

『いやね、今の私たちには癒やしが必要じゃん？　気分が沈んでいるしさ！』

俺には理解できなかったが、隣にいる由香里は何度も頷いている。

なので、「たしかにな」と話を合わせておく。

『しかもしかも！　動物って何かタイプがあるじゃん？』

「あるな」

タイプは【生産】【戦闘】【探索】の三種類で、動物ごとにどれか一つが設定されている。

ゾウやクマをはじめとする戦闘タイプは餌代が高めだ。逆に、乳牛や鶏といった生産タイプは安い。

『ペットを飼えば癒やしになるだけじゃなくて役に立ちそうな気がするんだよね！　たしかに餌代は高いけどさ、漁で安定した稼ぎがあるわけだし、1匹くらい飼ってもいいんじゃない？　いいよね？　ね？　ね⁉』

「ふむ」

『お願いだよぉ！　ちゃんと餌やりするからさぁ！』

まるで子供のおねだりだ。童貞なのに親の気持ちが分かってしまった。

「ペットなぁ……」

チラリと由香里を見る。

彼女は分かりやすく目を輝かせていた。

俺は「仕方ないな」と苦笑い。

「餌代が安いやつなら飼ってもいいよ」

『ほんと？　やったー！　風斗大好き！　愛してる！』

「ただし、飼う前に美咲の許可を取れよ」

『美咲の?』

「美咲はハリネズミのシゲゾーと離れ離れで寂しい思いをしているんだ。ペットを飼うことでかえって暗い気持ちにさせてしまうかもしれん」

『あーね』

『お気遣いありがとうございます。でも私は大丈夫ですよ』

美咲の声だ。俺たちの会話を聞いていたらしい。

『ですが、ハリネズミを飼うのはダメですよ。浮気になってしまうので』

「浮気……?」

『はい。他なら大丈夫です』

よく分からないが、とにかくハリネズミ以外なら問題ないそうだ。

『これで決まりっしょ!』

「そうだな。で、どの動物を購入するかについて——」

『購入じゃなくてお迎えね』

「……迎えるかについては4人で決めよう。今から戻るよ」

『ほいほーい!』

こうしてペットを飼うことが決まった。

【ジョーイ】

拠点に戻り、ダイニングに集まった。

さっそくペットを購入しよう……と思ったが、先に昼ご飯を食べることにした。

現在の時刻は14時30分。朝が遅かったとはいえ、流石に空腹で辛い。

「今日は私がメインを作ったよ！」

ドヤ顔で麻衣が運んできたのはパスタ——ではない。

「なんだこれ？　うどんか？」

「正解！　名付けてうどんカルボナーラ！　かなりの自信作！」

「たしかに見た目は美味しそうだが……」

思わず苦笑いを浮かべる。

そんな俺を見て、麻衣は唇を尖らせた。

「何よ？　私の料理じゃ不満なわけ？」

「不満はないけど、何でうどんを使ったんだ？　パスタ用の麺があるだろ」

隣で由香里が頷いている。

「私もそう言ったのですが……」と美咲。

「いいじゃん！　うどんでも美味しいって！　食べてみ？」

美味いのは食うまでもなく分かった。香りが味を物語っているし、何より不味くなりようがない。それに麻衣は料理上手だ。

「うん、普通に美味い」

「でしょー！　でも『普通に』って言い方じゃ満足できないなぁ！　次はびっくりするほど美味しいのを作ってやるから覚悟しとけよぉ！」

麻衣は俺の向かいに座り、自信作のうどんカルボナーラを食べる。フォークではなく箸を使い、豪快にズズズッと啜っていた。

「たしかに美味しい！　普通に美味しい！　あ、ほんとだ、普通が付いちゃう！」

「見た目通りの味だからな。でも大したもんだよ。俺は全く料理できないから尊敬する」

麻衣は「ふふん」と嬉しそうに笑った。

「麻衣の料理を満喫したことだし、真のメインディッシュに移るとしよう！」

俺は美咲の料理を見た。真鯛のパリパリ焼きにアスパラガスを添えたものと、あとは謎のおひたし。なるほど、さっぱり分からない。

「美咲、すまんが料理の説明を頼む」

美咲は「はい」と微笑み、おひたしに手を向けた。

「こちらはワサビの花のおひたしです。普段は春先にしか作る機会がないのですが、新鮮な本ワサビが売っていたので使ってみました」

「ワサビの花？」

「そもそもワサビって花だったの⁉」と麻衣。

「知らなかった」由香里も驚いている。

「磨り下ろして使う部分……皆さんがワサビと聞いて連想する部位は根茎になります」

「へぇ、一つ賢くなったぜ」

小鉢に入っているおひたしを食べてみる。

ほのかな苦みの香る爽やかな味わいだ。ワサビの辛味を警戒していたが、その必要はなかった。胃に優しい気がする。

「こういうのもアリだな、想像以上に美味しい」

「お口に合ったようで何よりです」

「くぅ！　私のは『普通』だったのに美咲の料理は『想像以上』かよぉ！」

「仕方ないさ、相手が悪い」

おひたしの次はパリパリ焼きとアスパラガスだ。純白の平たい皿に載っていて、上品なソースが手前にかかっている。磨り下ろしたワサビも盛られていた。

「こちらは真鯛のポワレです」

「ポワレ……？」

「表面を油でカリッと焼き上げるフランス料理の調理法です」

「要するにパリパリ焼きのことだな！」

「はい。今回はアスパラガスを添えてみました」

「このソースは？」

「レモンバターソースです。あと、おひたしを作る際に余ったワサビの根茎を磨り下ろしました。和洋両方のお味をお楽しみいただければ幸いです」

「なるほど、レモンバターソースにワサビか。さっそく食べてみよう」

慣れないナイフとフォークで食べようとする——が、箸でガツガツ食べる麻衣を見て考えが変わった。何食わぬ顔で箸に持ち替えて食べる。

「うめぇ！」

これまた想像以上に美味い。

由香里も「美味しいです」と感動している。

「何なの美咲、教師の前は料理人だったの!?」と麻衣。

「いえ、教師の前は学生でした」

「おかしいじゃん！　なんでこんなに美味しいのよ！」

美咲は「ありがとうございます」と微笑んだ。

「ワサビが全然辛くないのはどうしてだ!?」

俺が驚いたのはそこだった。風味が豊かなのに辛くない。

「ワサビはどうやって磨るかで辛さが変わるのです」

「へぇ、そうだったのか。本当に詳しいな……」

食事中は感動しっぱなしだった。

ほどなくして食事が終わると、麻衣が本題を切り出した。

「さーて新しい家族を迎えるぞー！」

「で、どの動物にするんだ？」

「そりゃ犬っしょ！」

「ハリネズミ以外の小動物がいいです」と美咲。

「鷲（わし）がいい」

見事にバラバラだ。

「とりあえず鷲は厳しいな。維持費が一日50万もする。鷹（たか）も25万と高めだし、トビかハヤブサが現実的じゃないか」

スマホを見ながら話す。

「「「…………」」」

「ん？」

顔を上げると、3人は目を細めて俺を見ていた。

「あのさぁ風斗、維持費はないでしょ、維持費は」

「せめて餌代」

「できればご飯代といっていただけると嬉しいです」

やれやれ、動物のことになるとうるさい連中だ。

「とにかく餌代の都合で鷲は厳しい」

「じゃあ犬っしょ！　犬だけ種類が豊富だし！」

「たしかにその点は俺も気になっていた」

例えばクマの場合、売っているのは「クマ」だけだ。ヒグマなのかツキノワグマなのかは分からない。他の動物にしても同様だ。

だが、犬だけは犬種ごとに細かく分類されていた。ドーベルマン、シェパード、ラブラドール、コーギー、等々……。俺の大好きなレオンベルガーも売っている。

「俺も犬に一票ってことで、犬でいいかな？」

美咲と由香里が承諾する。

「じゃあ次は誰が飼うかだな。飼いたい人は手を挙げてくれ」

「よし、じゃんけんで決めてくれ」

案の定、３人とも挙手した。甲乙付けがたい光の如き速さで。

「えー、飼いたいって最初に言ったのは私なのに！」

不満そうに頬を膨らませる麻衣。

「関係ない、私も飼いたい」

「麻衣さん、ワガママはダメですよ」

由香里と美咲が反対する。

いつもは聖母のように優しい美咲だが、ペットのことになると厳しい。

「ちぇ、わぁーったよ。じゃあいくよー、じゃんけん、ぽん！」

結果、美咲が勝利した。

「ぐぬぬ……どうして私はチョキを出してしまったのだぁ……！」

「うふふ、どんまいです」

「あとは犬種だな。維持……じゃない、餌代の都合があるから、ドーベルマンやシェパードは避けよう」

本体代は犬種に関係なく10万だが、餌代は犬種によって大きく異なる。ドーベルマンとシェパードは20～30万とお高い。他の出費も考えると避けたいところだ。

「ご飯代はおいくらまでなら可能ですか？」

「10万以下に抑えてほしい。犬種は任せるよ」

「分かりました」

美咲は鼻歌を歌いながらスマホと睨めっこ。

数分後、「決めました！」と元気よく言った。

「ゴールデンレトリバーにします！」

「いいじゃんゴールデン！　私もゴールデンがいいと思っていたの！」

由香里も「いいですよね、ゴールデン」と賛同する。

「犬種も決まったわけだし、ポイントを払ってお迎えを頼む」

「分かりました」

美咲がスマホをタップする。

次の瞬間――。

「ワン！」

ゴールデンレトリバーの成犬が召喚された。美咲の横にちょこんと座り、嬉しそうにご主人様を見つめている。

「「可愛い！」」

女性陣が揃って声を上げる。

俺は冷静に尋ねた。

「で、性別は？　オスなのか？　メスなのか？」

購入前の段階だと性別が分からない。性別差の激しい動物を迎える際は注意が必要だ。

「そんなの見りゃ分かるじゃん！　男の子だよ！」と麻衣。

たしかに召喚されたゴールデンにはご立派なイチモツが付いていた。

「仰る通り男の子です。コクーンで確認しました」

「名前は？　私が決めてもいい？」

「ダメですよ麻衣さん。この子の名前は私が決めます」

そう言った後、美咲は「いえ」と、自分の言葉を否定。

「決めますではなく、もう決めました」

「早ッ！　で、名前は？」

「ジョーイです」

「ジョーイかぁ！　カッコイイ名前を付けてもらったねぇ、ジョーイ！」

麻衣がジョーイに抱きつく。

ジョーイは嫌がる素振りも見せず大人しくしている。むしろ尻尾を振って喜んでいた。

「美咲さん、私も触っていいですか？」

「もちろんです」

由香里は席を立ち、小走りでジョーイの前へ。そして、ジョーイの頭を恐る恐る撫でた。

対するジョーイはこれまた大人しい。由香里の手をペロンと舐めて応じた。

「可愛い……！」

あっという間に由香里もジョーイの虜になった。

「風斗君、この子をお散歩に連れて行ってもいいですか？」

「もちろん」

「私も行きたーい！」

「風斗、私も」

「なら皆で行こう。ジョーイの能力も知りたいしな」

ジョーイことゴールデンレトリバーは探索タイプだ。外を歩かせたら何かしらを探し出すだろう。

俺はその点に興味があった。

「ちゃちゃっと皿洗いを済ませて散歩に出発だー！」

麻衣の言葉に、美咲と由香里が「おー」と拳を突き上げる。

ジョーイも「ワン！」と嬉しそうに吠えた。

(これだけ明るくなるなら、ペットを飼うことにしたのは正解だったな)

愉快そうな皆を見ていると、俺もにこやかな気分になった。

【散歩】

ジョーイを連れて、皆で仲良く森を歩く。行き先は特に決まっていない。大自然の美味しくも青臭い空気を堪能しながら、心の赴くままに進んだ。

「犬ってのは最初からこんなに賢いものなのか？」

「いえ、ジョーイは特別だと思います。普通は調教する必要があるかと」

ジョーイはリードやハーネスを必要としなかった。暴走する様子は全くなく、尻尾を振りながら俺たちの前を歩いている。首輪もしていないので、日本で見かけたら野良犬と勘違いしそうだ。

「今のところ探索タイプらしいことは何もしていないね」と麻衣。

「可愛いからそれでもいい」

由香里はジョーイの後ろ姿を見て頬を緩ませている。彼女が感情を表すのは珍しい。動物の力は偉大だ。

「ジョーイがただ歩いているのは命令していないからかもな」

「ではお願いしてみましょうか？」

さりげなく「命令」を「お願い」に訂正する美咲。

俺は苦笑いで「頼むよ」と返した。

「ジョーイ、何か探してください」

「ワンッ！」

ジョーイが土の匂いを嗅ぎ始めた。しばらくすると斜め前に向かって吠え、その方向に進んでいく。先ほどよりもペースが速い。俺たちは小走りで続いた。

「お？　止まったぞ」

またしても地面を嗅ぐジョーイ。

「ワンッ！」

再び進み出した。微かに進路を調整したようだ。

「何を調べているんだろーね？」

「楽しみです」

「頑張れ、ジョーイ」

ウキウキで後を追う女性陣。ジョーイに夢中で周りが見えていない。

一緒に盛り上がっていると危険なので、俺はこまめに周囲を警戒する。それによって女性陣が見落としたあるものに気づいた。

（あれは……）

魔物だ。かなり離れており、相手は俺たちに気づいていない。

（ジョーイが進路を変えていなかったら鉢合わせていたな）

その後も何分か歩き続け――。

「ワンッ！　ワンッ！」

ついにジョーイが止まった。今度は匂いを嗅いでいない。ここが目的地なのだろう。ただ、俺たちには何もない場所に見えた。周囲に木があるだけだ。

「ここに何かあるのですか？」美咲が尋ねる。

「ワンッ！」

ジョーイは美咲の隣に座った。舌を出し、愛らしい表情を浮かべている。

「何もなくない？」

麻衣は水平に寝かせた右手を額に当て、キョロキョロと周囲を見回す。

「土の中が怪しいな」

「あーありえる！　シャベルを買って掘るかぁ！」

「いや、待て。試したいことがある」

「何を試すの？」

麻衣の質問に答えるべく、俺は美咲に言った。

「ジョーイに、見つけた物を自分で持ってくるよう頼んでみてくれ」

「分かりました」

美咲は頷き、ジョーイにお願いする。

「ワンッ！」

ジョーイは穴を掘り始めた。前肢を巧みに使い、凄まじい速度で掘り進めていく。その結果、地中から水晶玉が出てきた。

「お宝じゃん！」

「すごいです！　ジョーイ！」

「賢い」

「ワゥンッ！」

ジョーイは水晶玉を咥えると、それを美咲の前に置いた。

「お願いしたら調達までやってくれるってよく分かったね」と、感心する麻衣。

「分かっていたわけじゃないよ。ただ、最初に美咲が出した命令……じゃなくてお願いが『探して』だったから、『持ってきて』に変えたらどうなるか知りたかったんだ。ジョーイは賢いから違いが分かると思ってな」

美咲が足下の水晶玉を拾う。すると、水晶玉がスッと消えた。

「ポイントになったのかな？」

「はい、約2万ｐｔですが入りました。名目は『アイテムの獲得』となっています。それと、**【調教師】**というスキルを習得したようです」

【調教師】の効果は、ペット関連の獲得ポイントに補正がかかるというもの。10レベル以降の追加効果が今から楽しみだ。

「そういや由香里、【狩人（かりゅうど）】って10になるとどんな効果が付くんだ？」

由香里の【狩人】レベルは17。

「〈地図〉に付近の魔物が表示されるようになる」

「索敵か」

「うん」

この付近は魔物の数が少ないから役に立ちそうだ。

ただし……。

「索敵はジョーイもできそうな気がするな」

「マジで⁉　ジョーイってそんなに優秀なの⁉」

麻衣は通販番組の外国人司会者ばりに驚いた。

「皆は気づいていなかったと思うけど、ジョーイはここに来る際、意図的に魔物を避けていた。魔物の位置が分からないとできない動きだ」

「なら魔物を探すようお願いしたらできそう！　美咲、試してみてよ！」

「分かりました――ジョーイ、魔物を探してください」

「ワンッ！」

案の定、ジョーイは動き出し、近くの茂みに潜んでいた角ウサギを見つけ出した。

「ワンワンワンッ！　ワンッ！　ワンワンッ！」

角ウサギを威嚇するジョーイ。戦う気はないようで一定の距離を保っている。

「任せて」

由香里が驚異的な速射で仕留めた。

「本当に何でも探せるんだねー、ジョーイは！」

「賢い子です」

麻衣が「偉いぞー」とジョーイを撫でた。

「ジョーイ、お腹は大丈夫ですか？　何か食べますか？」

「ワンッ！」

ジョーイは「食べたい」と言いたげに鳴いた——かと思いきや、彼の前にステーキが召喚された。しかも上品な銀の皿に載っている。

「おいおい、犬にステーキを食わせるつもりかよ」

「い、いえ！　私じゃありません！」美咲も驚いていた。

「なら麻衣の仕業か」

「私じゃないし！　だってほら、今はスマホを持ってないでしょ！」

フリーの両手を振ってみせる麻衣。たしかにステーキを買うことはできない。

俺と由香里にしたってそうだ。

「じゃあこのステーキは……」

「ジョーイ、あなたが召喚したのですか？」

「ワンッ！」

イエスらしい。

ジョーイは上機嫌でステーキを頬張り始めた。むしゃむしゃと豪快に食べている。

完全に平らげると、残った皿は勝手に消えた。

「自分のメシを召喚できるとは恐れ入った」

「天才じゃん！」

「でも栄養バランスが心配ですね。ジョーイ、偏った食事は体に悪いので気をつけてください」

「ワンッ！」

これで探索タイプのペットについて分かった。

「もうじき日が暮れるし戻るとしよう」

麻衣と美咲が同意する。

一方、由香里は――。

「風斗、私もペットを飼いたい」

ジョーイを見ていて我慢できなくなったようだ。

「まさかの発言だな。そういう駄々をこねるのは麻衣だと思ったぜ」

「私をなんだと思っているんだぁ……って言いたいけど、たしかに私もジョーイを見ていて自分のペットが欲しいと思ったんだよねぇ」

俺は「だろ」と笑い、それから由香里を見る。

「飼うなら生産タイプでいいか？」

生産タイプは乳牛や鶏などで、餌代が1，000ｐｔないし1万ｐｔと安い。

だが、由香里は首を横に振った。

「ハヤブサがいい」

そういえば由香里は鷲を飼いたがっていたな、と思い出す。

ハヤブサを希望したのは、鷲と似ていながらも餌代が安いからだろう。

鷲の餌代が50万なのに対し、ハヤブサはたったの7万だ。

「どうしても欲しいのか？」

「うん、どうしても欲しい。探索タイプが一緒だと狩りも捗ると思う」

【狩人】の効果で敵の位置は分かるだろ」

「スマホを見る必要があるから。弓で戦う私には不便」

なかなか強引な言い分だが、どうしても欲しいなら仕方ない。

「ちょっと待ってくれ、考える」

スマホの電卓アプリで収支が大丈夫か計算してみる。

まずは一日の稼ぎを振り返ろう。

ペットボトルトラップは約10万。設置数はまだまだ増やせるから、今後も右肩上がりで増える。

石打漁は20～30万が現実的なライン。ひたすら頑張れば50～60万は目指せるが、最大効率で考えるのは危険だから控え目に。

他には大量販売した槍の不労所得が2~3万。これは減っていく可能性が高い。

料理も収入源だ。美咲が作ると1食につき4~5万になる。一日3食なので14万前後といったところか。誰かがアシスタントに入れば相棒効果でさらに伸びる。

今日は漁の都合でお休みだったが、明日以降は狩りも加わる。

狩りを担当するのは由香里で、彼女曰く「日に50万Ｐｔは余裕で稼げる」とのこと。ただ不明な点が多いので、少なめに見積もって30万としよう。それなら間違いない。

あとはデイリークエストが４人分で20万。

徘徊者戦はムラがあるのでノーカウント。

まとめると、俺たちが一日で稼ぐ額は約１００万Ｐｔになる。悪天候で作業が難しい場合も考慮して約80万としておこう。

次に出費だ。

まずは防壁の強化費。日に3回は絶対に強化するため30万は必要になる。

次にジョーイの餌代で10万。

固定費はこの二つで40万。食費や雑費も加えると50万以上は確実。

そこにハヤブサの餌代7万も加算すると、最低でも60万前後は使うだろう。

「飼えないことはないが……」

「だったら飼ってもいい？」

財政的にはもう少し余裕がほしい。ハヤブサの餌代7万Ｐｔが地味に効いている。だが、まぁいいだろう。今は仲間のやる気を高めることが大事だ。それにスキルレベルの仕様を考慮すれば、ハヤブサを迎えてもいいよ」

「分かった、ハヤブサを迎えてもいいよ」

「よかったねー、由香里！」

由香里は麻衣に向かって、「うん！」と笑顔で頷いた。

思わぬ好反応に、麻衣は「お、おおう」と驚く。

「召喚するね」

由香里はウキウキした様子でスマホを操作。

「キィー！」

真っ白なハヤブサが召喚された。

ジョーイと同じく成鳥で、大きさはカラスと同程度。由香里の肩に乗っている。

「ハヤブサって白いんだな。黒いイメージがあった」

「種類によるよ。この子はシロハヤブサだから白い」

「へぇ。性別は？　オスか？」

「ううん、女の子」

「名前は決めた？」

麻衣が尋ねると、由香里は口角を上げて頷いた。

「女の子だからルーシー」

「ルーシーちゃんかー！　いいじゃん！　ルーシーちゃん！」

麻衣がルーシーの背中を撫でる。

ルーシーは翼を広げて「キィ！」と鳴いた。喜んでいるようだ。

「可愛いですね、ルーシーちゃん」

美咲は人差し指でルーシーの頭をナデナデ。

「風斗、ありがとう。無理言ってごめん」

「かまわないさ。その代わり明日からガンガン稼いでもらうぜ」

「任せて」

由香里は今までで一番の笑みを浮かべた。

【希望の情報】

夕食の完成を待つ間、ペットの能力差を調べていた。

といっても、俺たちが何かするわけではない。美咲と麻衣は料理に励み、俺と由香里はダイニングでまったりしている。

頑張るのはジョーイとルーシーだ。指示に従ってアイテム拾いの旅に出ている。

ジョーイは既に戻っていて、残すはルーシーだけだ。

「キィー！」

「お、ルーシーも戻ってきたぞ」

「アイテムを拾ってきている。可愛くて賢い」

ルーシーは水晶玉を掴んでいた。玉の見た目はジョーイが掘り当てた物と同じ。それを由香里の前に置いた。

「由香里、ポイントの獲得量はどうだ？」

「ジョーイと一緒くらい」

「効率も大して変わらないねー！」と麻衣。

「すると、餌代と能力は比例していないということか」

「餌代による違いってなんだろうね」

麻衣はニンジンの切れ端をジョーイにあげた。

「ワゥン」

ジョーイは甘えるような声で鳴いてニンジンを食べる。自身の召喚したステーキ以外も食べられるようだ。

「麻衣さん、好き勝手にご飯をあげてはいけません。栄養バランスも考えないと」

両手を脇腹に当て頬を膨らませる美咲。強めに注意しているつもりだと思うが、背丈が小さいので可愛らしい。

だからだろう、麻衣は「ほーい」と軽い調子で答えた。

「キィー！」

ルーシーがテーブルの上に餌を召喚した。サイコロ状にカットした生肉だ。ジョーイの時と同じく銀の皿に載っている。

「何の肉だ？　鶏肉（とりにく）か？」

「たぶん」

由香里はゴム手袋を購入し、それでルーシーの皿から肉をひとつまみ。

その肉をルーシーの口に運んだ。

「キィー、キィー♪」

ルーシーは大喜びでペロリ。さらにおかわりを要求して鳴いている。

「すぐにあげるね」

由香里は新たな肉を摘まみ、ルーシーに与える。

「キィー、キィー♪」

食べ終えたルーシーは直ちにおかわりを要求。

このやり取りが何度も繰り返され、ルーシーはあっという間に肉を食べきった。

「まだ食べたい？」

「キィー！」

「分かった」

由香里は皿を買い、追加の生肉を召喚した。

今度の肉は彼女が買った物だが、見た目は先ほどの肉と大差ない。

ルーシーはそれも残すことなく平らげた。小さな体に反する凄まじい食欲だ。

「たくさん食べて偉いよ、ルーシー」

「キィー！」

由香里とルーシーが独自の世界を形成している。

邪魔するのは野暮なので、俺はスマホで時間を潰すことにした。

とりあえずグループチャットを開き、溜まっているログを読んでいく。

（当然といえば当然だが、思ったより皆の動きが早いな）

他所のギルドでは統廃合が進んでいた。数日前まで100個はあったギルドが、今日の時点で20個程度に減っている。とはいえ、距離の問題があるのですぐに落ち着きそうだ。

「みんな、残念なニュースがあるぞ」

「どしたー?」振り向く麻衣。

「レンタル船で島を脱出しようとしていた2チームだが、どちらも失敗したようだ。俺たちと同じく霧を突破できずに終わったんだってさ」

「ありゃま」

この報告を受けて、脱出を検討していたチームの大半が計画の見送りを表明した。色々と言い訳しているが、本音は「時間とポイントを無駄にしたくない」ということ。

これで残すは検証班のみとなった。しかし、このギルドが脱出に成功する可能性は限りなく低い。最初から脱出の成功を目論んでいないからだ。

このギルドは脱出に関する謎の仕様——脱出を拒む霧の発生であったり、いつの間にか船が逆走して島に戻っていたりする現象——について調べることを目的としていた。そこからゆくゆくは脱出の糸口を見つけ出したい、という方針だ。

「検証班は期待薄だが……って!」ある発言が目に付いた。「そういえばそうだ。何もかもが異常過ぎて気づかなかったが、たしかにおかしいな……」

「どうかしたのですか?」

美咲が俺の前にお茶を置いた。

「島のサイズがおかしいって指摘している奴がいるんだよ」

「島のサイズ?」

美咲は残りの作業を麻衣に任せ、俺の向かいに座った。

「この島ってかなり広いだろ? 正確な規模は分からないが、〈地図〉を見ている限り東端から西端まで約250キロはある」

「はい」

「これはおおよそ四国と同程度なんだ」

「ふむふむ。それで、何がおかしいのですか?」

「それだけ大きな島が駿河湾にあることだよ。島の位置がゴーグルマップの情報通りだとしたら、この島は日本の本土にぶつかっているんだ」

「あ……!」

美咲も気づいたようだ。

「ゴーグルマップによると、駿河湾の岸と岸の距離は、どれだけ長くなるように測っても100キロにすら届かない。にもかかわらず、俺たちの今いる場所から日本の本土までは、東西のどちらに向かっても約15キロの距離になっている。明らかにおかしい」

「言われてみればそうですね……」

「つまりこの島は駿河湾には存在しないってこと?」

麻衣が美咲の隣に座った。話に参加したくて調理を中断したようだ。

「グルチャでは三つの仮説が候補に挙がっている」

「三つも？」

「一つは麻衣の言ったように駿河湾には存在しない説。ただしその場合、ゴーグルマップの情報がおかしな点は説明がつかない」

「ＧＰＳの情報を偽装しているんじゃないの？」

「かもしれないが、偽装先を駿河湾にするのは理解できない。ランダムに選ばれたのがそこだっただけという可能性はあるけど、鳴動（めいどう）高校集団失踪事件の時は偽装なんてしていなかったわけだし何とも釈然としない」

「たしかに……。二つ目は何なの？」

「島や俺たちが異常に小さくなっている説だ」

「小さくなるって、トラえもんのミニミニライトみたいな？」

　俺は「そうそう」と頷いた。

「ゴーグルマップの情報は間違っていないが、謎の力によって俺たちや島が超絶的に縮小化されてダニのようなサイズになっているのではないかって考え方だな」

「そんなのありえないっしょ！」

「とは言い切れないのが現状だからな」

「まぁ……そうだね。じゃあ最後の三つ目は？」

「異次元の駿河湾に存在しているのではないかって説」

「あーね」

「個人的にはこの異次元説が正しいと思っている」

島はゴーグルマップの情報通り駿河湾にある。しかし、次元が違うので日本の本土に当たることはない——それが三つ目の仮説であり、俺の考えでもあった。

「私もそう思う！　鳴動高校集団失踪事件とも辻褄が合うし！　他の人も異次元説をプッシュしているんじゃない？」

「グルチャを見る限りなんともだな。色々な意見が飛び交っているものの、詰まるところ『どうでもいい』というのが大半の本音だと思う。正解がどうであれ脱出できないことに変わりないからね」

「それもそっか。木星の酸素濃度が分かっても木星の酸素を吸えるわけではないもんね」

「全くもって意味不明だが、まぁそんなところだ」

「脱出の糸口が摑めないのは困りますよね」と美咲。

「一応、眉唾レベルの情報なら出ているんだけどね」

麻衣と美咲が「えっ」と驚いた。

ルーシーを撫でてはニヤけていた由香里もこちらを見る。

「体育会系の連中が言うには、徘徊者の中にボスが存在するらしい」

「ボス？」

「厳密にはボスじゃなくてゼネラルタイプらしいが、連中は『ボス』と呼んでいる。【戦士】

のレベルが10になると〈地図〉で居場所を確認できるそうだ」

「それが脱出にどう関係あるの？」

「このボスが異様に強くて、しかも島に1体しか存在しないらしい。だから、体育会系の奴等はゼネラルタイプがラスボスなんじゃないかと言っている」

「ラスボスってことは、倒せば日本に帰れるわけだ！」

「というのが彼らの仮説だ」

「ありえるんじゃないの？　たった1体しかいない徘徊者とか絶対に怪しいじゃん！」

麻衣は鼻息を荒くして前のめりになっている。ボスの討伐に乗り気なようだ。

「たしかに怪しいけど俺たちには無縁だ」

「なんでよー」

「戦力が低すぎる。拠点から打って出るのですら絶望的なんだ。ボスと戦う以前の問題だよ」

「返す言葉がないね……」

「しかもボスはとんでもなく強い。体育会系のギルドが敗走したくらいだ」

「マジで⁉　朝はそんなこと言っていなかったけど」

「この情報が出たのはついさっきだからな。たぶんレンタル船での脱出計画が失敗するのを見越して伏せていたのだろう」

「ゼネラルタイプを倒せば日本に帰れるかもしれない……って考えたら、いくらか明るい気持ちになるもんね。仮にそれが眉唾レベルのネタであってもさ」

俺は「だな」と同意した。

その辺の気配りはコミュ力に長けた体育会系の本領だ。

「そんなわけで、俺たちにできるのは他所の連中がボスを倒すよう祈るくらいだ」

「残念だけど仕方ないねー」

麻衣が「よし、休憩終わり！」と立ち上がる。

それに美咲も続き、二人は調理を再開した。

「ボスの討伐、大変だろうけど頑張ってくれよっと」

俺もできることをしよう。

そう思い、グループチャットでペットを飼ったと報告しておいた。

【お誘い】

「風斗君、今回の作戦はどうしますか?」

「昨日と同じで問題ないと思う。防壁も3回強化したし」

「分かりました」

5日目の徘徊者戦は美咲とのペアで臨む。ジョーイも一緒だ。

今頃、麻衣と由香里は夢の世界を探検しているだろう。

深夜1時50分——。

俺たちは拠点の前にバリスタを展開した。計4台で、2台ずつ使う。

「ワンッ」

ジョーイは興味深そうにバリスタを見ている。この時間でも眠くないようだ。

「これはバリスタという、大きな矢を飛ばす兵器です」

「ワンッ」

「ジョーイには分からないと思うぞ」

「そんなことありませんよ。この子はとても賢いので」

「そうか」

俺は笑みを浮かべ、防壁のステータスを確認した。

【ＨＰ】４１５，０００

【防御力】７

今回はＨＰを2回、防御力を1回強化した。

防壁の強化方針はそれほど深く考えていない。ＨＰと防御を最低1回ずつ上げ、残り1回はその時の気分で決める。

「お、時間になったぞ」

2時00分、いつもの通り徘徊者戦が始まった。

「「グォオオオオオオオオ！」」

さっそく徘徊者の群れが登場。今回もバリスタ兵を先頭にしている。

「ジョーイ、防壁から出てはいけませんよ」

「ワンッ！」

「やるぞ、美咲」

「はい！」

先手は俺たち。バリスタによる攻撃で敵のバリスタ兵を潰していく。

「リロードだ！」

撃ち終えると〈マイリスト〉の復元機能でリロード。

新たな矢が装填されたら次の攻撃へ。

そして、その矢も撃ち尽くすと――。

「美咲、防壁に籠もるぞ」

「分かりました！」

リロードせず防壁に逃げ込む。流石に二人だと抑えきれない。

この後は、防壁が壊されないよう祈りながら待機することになる。

想定通りの展開だ。

「強化されているな、バリスタ兵の火力」

バリスタ兵から受けるダメージが27に上がっていた。ただし、同時に攻撃してくる数はこれまでと変わらず15体。俺たちが倒した8体分の穴は新手が埋めていた。

「グォン！　グォン！」

犬型のノーマルタイプも攻撃に参加している。小さいのでバリスタ兵の攻撃を妨げないようだ。こちらも攻撃力が上がっていた。

「雑魚の攻撃力は9だな」

防壁の防御力が7なので、一発につき2のダメージを受ける。

「大丈夫でしょうか？」

「計算してみよう」

攻撃に参加している犬型は15匹で、攻撃速度は3秒に1回程度。

2時間で約7万ダメージになる。

バリスタ兵も15体いて、こちらの攻撃速度は10秒に1回程度。

2時間で約29万ダメージだ。

「今のペースだと2時間で36万前後のダメージを受けることになる」

「すると……」

「防壁のHPは41万だから問題ないだろう」

とはいえ、安心できるほどの余裕は感じない。

「麻衣さんと由香里さんを起こしたほうがいいでしょうか？」

「いや、今は大丈夫だ。状況が変わって厳しくなったら起こそう」

「分かりました」

俺たちはフェンスを立て、その後ろに座った。

ジョーイは俺と美咲の間に伏せる。

「私に合わせなくてもいいのですよ」

「ワンワンッ」

首を振るジョーイ。

「優しい子ですね」

「ワンッ！」

「もう十年来の友人みたいに馴染んでいるな」

俺はジョーイの背中を撫でた。もふもふしていて温かい。自ずと頬が緩んだ。

「シゲゾーに申し訳なくなっちゃいます。今ごろ家で寂しくしているだろうし……」

「そういや美咲って一人暮らしなの？　シゲゾー、餓死していないかな？」

「その点は問題ないかと。両親が代わりに餌をあげてくれますから」

一人暮らしかどうかの問いは流された。その真意は不明だが、肝心の餌やりに対する疑問は解消したので、俺は気にせず話を進めた。

「ま、シゲゾーも分かってくれるさ！」

「だといいのですが、私と同じく嫉妬深い子なので……」

「へぇ、美咲は嫉妬深いのか、意外だな」

「意外ですか？」

「そんな風には見えないよ」

「態度に出さないだけです。実際はとても嫉妬深いですし、欲しい物は手に入れないと我慢できないお子様です」

美咲はジョーイの顎を撫でた。

ジョーイは心地よさそうに目を瞑る――が、すぐに開いた。美咲が手を止めたからだ。

「思ったのですが、この子は一緒に帰還できるのでしょうか？」

「どうだろうな」

ジョーイやルーシーはコクーンで購入したもの。日本の動物とは別のカラクリで誕生した生命体だ。帰還と同時に消滅してもおかしくない。

「もし連れて帰れないなら……それはとても悲しいことです」

「連れて帰れたらそれはそれでパニックになりそうだけどな」

「どうしてですか？」

「ジョーイはゴールデンレトリバーだから問題ないけど、購入できる動物の中にはライオンやゾウもいる。そういうのを日本に連れて帰ったらまずいだろ」

「言われてみればそうですね……」

拠点の外と防壁の残りＨＰを確認する。どちらも問題なかった。

「あと1時間か」

小腹が空いてきた。晩ご飯が早かったからだろう。

「美咲、何か軽く作ってもらえないか？　見張りは俺がするから」

「分かりました。肌寒いのでお茶漬けなどいかがでしょうか？」

「いいね、そうしてくれ」

「お任せ下さい」

美咲は立ち上がり、ジョーイを連れてダイニングキッチンに向かった。

◇

その後も問題は起きず、無事に徘徊者戦が終わった。

今回の戦果はバリスタ兵8体のみ。それぞれ4体ずつ倒した。

討伐報酬は13万6，000pt。バリスタの召喚や矢の装填に費やした約1万5，000ptを差し引くと大体12万の稼ぎになる。悪くない。

「やっぱり防壁を突破されないで終わるのが一番だな」

「ですね」

美咲と協力してフェンスを壁に向ける。

「風斗君、今日はお先に入浴されてはいかがですか？」

「気遣いは不要だよ。気にしないで先に入ってくれ」

「よろしいのですか？」

「後のほうが助かるんだ、グルチャの確認と報告をするから」

「そういうことでしたら」

美咲は俺に背を向け、ジョーイと浴室に向かった。

俺はダイニングに行き、適当な椅子に座ってスマホを操作する。グループチャットの前にニュースサイトを開いた。自分たちに対する世間の反応が気になったからだ。

「まだ1週間も経ってないってのにもう忘れられているな」

俺たちに関する記事は早くも激減していた。世間の興味は芸能人や政治家の下世話なスキャンダルに向いている。嘆かわしいと思う一方で、仕方ないとも感じた。

何の続報もないからだ。警察は可能な範囲で捜査しているのかもしれないが、頑張ったところで何の成果も出ないだろう。俺たちの集団転移は、決して現代の科学技術では証明できない超常現象なのだから。

さらに、先日からライブカメラの映像が止まっている。「捜査上の都合」などという意味不明な理由によって警察が停止させたのだ。

「ま、俺だって他人事なら忘れているか」

大きなため息をつき、グループチャットを開いた。

他所の被害状況は軽微だ。ギルドの統廃合が進んだおかげで安定している。頭数が多ければ徘徊者は怖くない。

また、グループチャットの報告で新たな仕様が判明した。

防壁の位置を設定できるそうだ。仮に洞窟の外の領地を取得しても、防壁の範囲は洞窟の出入口に留めておくことができるということ。

領地化すると防壁がどうなるかは誰もが不安に思っていた。

被弾面積が増えるため、領地全体を覆うように展開されるのは望ましくない。今ですらギリギリなのだから、そんなことになれば数分で崩壊する。

防壁の位置を自由に設定できることが分かったのは大きい。今後、洞窟の外を領地化する時に躊躇しなくて済む。

「体育会系は……また負けたのか」

グループチャットでボス扱いされているゼネラルタイプの徘徊者。

体育会系のギルドはそいつに挑み、そして、昨日と同じく敗走した。

とはいえ、死傷者はただの一人も出ていない。軽く戦って勝てないと判断したら撤退するそうだ。彼らは簡単そうに言っているが、とても真似できる気はしない。

体育会系ギルドの報告を見ている限り、ゼネラルタイプの強さは別格だ。それは単純な戦闘力に限った話ではない。

ノーマルタイプやエリートタイプと違って知能を持っている節がある。ゲームで喩えるなら、エリート以下はCPUでゼネラルは人間だ。

加えて戦闘力も他とは比較にならなかった。特に厄介なのが防御力で、エリートやノーマルのように軽く殴れば即死する紙装甲ではない。報告によると、何発か攻撃を当てても死ななかったそうだ。

体育会系の連中はお調子者だから話を盛っている可能性があるけれど、それでも、ゼネラルタイプが徘徊者の中で突出した強さなのは明らかだ。

しかも島に1体しかいない。本当にラスボスではないかと思えてきた。

「お、ここで動くのか栗原」

美咲のことが大好きなドレッドヘアの大男こと3年の栗原。彼が「皆で協力してゼネラルタイプを倒そう」と呼びかけている。

合同作戦は悪くないアイデアだ。徘徊者戦は数が物を言う。多ければ多いほどいい。

この呼びかけに対し、彼の付近で活動中のギルドが次々に呼応する。その中には徘徊者戦のプロ集団である体育会系のギルドも含まれていた。

100人を超える大規模作戦になりそうだ。

「これは期待できるな」

栗原のことは嫌いだが、それはそれとして、俺は心の底から応援していた。

そんな時だ。

「……って、おい、何で！　こいつッ！」

なんと栗原が俺を指名してきたのだ。名指しで、「一緒に戦おうぜ」と。

奴が何を企んでいるかは不明だが、グループチャットは大盛り上がりだ。まだ何も反応していないにもかかわらず承諾したことになっている。

「傍観しているつもりだったが……困ったな……」

栗原の拠点まで遠ければ言い訳できるが、残念ながらチャリで1時間の距離だ。この島において、その程度の距離は「近い」と表現される。俺たちの拠点は場所が知られているし、適当な言い訳が浮かばなかった。

「水を差すのも気が引けるし……仕方ねぇ、やるか」

俺は栗原の誘いに応じ、合同作戦に参加すると宣言した。

【仕様変更】

栗原がどうして俺を合同作戦に誘ってきたのかは分からない。単純に拠点が近かったからか、それとも別の目的があるのか。

ただ、陥れる気がないことはたしかだ。そんなことをすれば美咲に嫌われる。

ありえるとすれば、俺より上だと周囲に見せつけるためだ。それによって自身の男らしさを美咲にアピールする……そう考えると合点がいく。

なんにせよ、参加する以上はベストを尽くすだけだ。

「参加しないほうがいいって！　危険じゃん！」

「私も反対」

「同感です。今からでも断りましょう、風斗君」

朝食前、寝起きの皆に合同作戦の件を話したところ、予想通り反対された。

「リスクは承知している。だから参加するのは俺だけだ」

「何が『だから』なのよ！　承知しているならせめて私らも連れていけよ！」

「そうですよ。少なくとも私は同行します。お一人では行かせられません」

「気持ちは嬉しいけど考えは変わらないよ。参加はするし、行くのは俺だけだ」

「じゃあその理由を聞かせてよ、意固地になる理由をさ！」

向かいに座っている麻衣はご立腹だ。頬をパンパンに膨らませて腕を組んでいる。さながら娘の結婚に反対する父親のようだ。

「まぁ話すのが筋だよな」

コップに入っている冷茶を飲み干してから続きを話した。

「俺はこの作戦が上手くいくとは思っていないんだ」

「なのに参加するの？　なんで？」

「ゼネラルタイプを倒すことで日本に戻れるかは分からないが、現時点では唯一の可能性だから協力したい。ま、最初は嫌々だったんだがな」

「それはそうだけど……。でも、上手くいくとは思っていないんでしょ？」

「今回はな」

「次回があるってこと？」

「栗原にその気があるかは分からないが俺はそのつもりだ。今回の合同作戦でボスがどんな奴かを知り、対策を立てて次回以降に倒す。この拠点を獲得した時やリヴァイアサンを倒した時と同じさ」

「そういうことなら参加する理由は分かったけど、なんで一人で行くのさ？　みんなで行ったほうが安全じゃん」

「それはどうかな」

「というと?」

「一人の利点は離脱しやすいことだ。徘徊者戦は深夜に行うから、仲間が一緒だと撤退時にはぐれるリスクがある。特に美咲は方向音痴だからな」

美咲が「うっ」と俯いた。

「大人数が参加する作戦だから私ら3人が参加したところで大差ないし、それなら一人のほうが動きやすくていいってことね」

麻衣が俺の言いたいことをまとめてくれた。

「言いくるめられている気がする」と由香里。

「私たちを危険な目に遭わせたくないのでしょう、風斗君は優しいので」

「だからって自分だけリスクを冒すとか何も分かってねー!」

「とにかく、そういうことだからよろしく。何かしらの理由で俺が戻れない時は、麻衣がここの指揮を執ってくれ」

「え、私!?　美咲じゃなくて!?」

「麻衣のほうが適任だと思う。情報収集能力に長けているし」

「私も有事の際は麻衣さんにお願いしたいです」

「かぁー、責任重大だなぁ」

「大丈夫、万が一の話だから。風斗は無事に戻ってくる」

「それもそっか！　ありがとう由香里、おかげで気が楽になった！」

合同作戦の参加者は栗原の拠点に集まる決まりだ。徘徊者戦の開始30分前までに到着すればいいとのこと。ただ、大半の参加者は早い段階から向かうと表明している。

俺は可能な限り仲間たちと過ごし、夜にこの拠点を発つ予定だ。

◇

朝食が終わって間もない頃、全員のスマホが一斉に鳴った。

それで思い出す。強制的にやらされたアンケートのことを。

『皆様からのご要望を受け、仕様を以下の通り変更する』

ちぐはぐな言葉遣いとともに変更する仕様が書いてあった。

「あの要望欄に『帰らせろ』以外のことを書く人がいたんだねー」

「そのようだな」

変更されるのは〈相棒〉と〈ギルド〉の二つ。

〈相棒〉は同じギルドの人間にのみ適用されることになった。発動条件も見直され、いちいち相棒関係になる必要がなくなった。同じギルドの人間と一緒に作業をすると自動的に発動するらしい。

この変更に伴い、コクーンから〈相棒〉という項目が消えた。

また、相棒の適用人数に上限がなくなった。今後は3人以上でも相棒効果を得られる。

ただし、『3人以上でも効果は変わらない』と書いてあった。おそらく効果で得られるポイントが人数分に分けられる仕組みだ。つまり二人だと各600pt得られる稼ぎが、3人だと各400ptになるという意味だろう。

「いちいち相棒関係になったり解消したりって面倒だったんだよね。これは助かる！」

麻衣の感想に、俺たちは頷いて同意した。

〈相棒〉の変更が大したことない一方、〈ギルド〉には大きな変化があった。

まずはギルド名について。

好きな名前を設定することが可能になった。

「俺たちのギルド名は今まで通りでいいよな？」

「えー、やだよー！〈風斗チーム〉とか超ダサいじゃん！」

「ダサくない」

由香里が反論する。

彼女の肩に乗っているルーシーが「キィ！」と同意した。

次はギルドの掛け持ちについて。

今まで可能だった複数ギルドへの所属が不可能になった。仕様変更前から掛け持ちしていた場合、任意の1ギルドを残して脱退させられる。

ウチだと美咲がそうなった。形だけとはいえ、彼女は栗原のギルドにも所属していた。

「栗原君のギルドを抜けました」

これで美咲も晴れて我がギルドの専属メンバーとなった。

「抜ける時に脱退金を取られなかったのか？」

栗原のギルドでは脱退金を設定している。抜けるなら30万Ｐｔを支払えというものだ。

これは栗原が勝手に言っているだけではない。ギルドの項目に脱退条件というものがあり、そこで設定されている。ポイントを払わず抜けるには追放してもらう必要があった。

「いえ、取られませんでした」

「今回の強制脱退では無条件で抜けられるってことか」

ギルドの変更点はあと二つ。

一つは「サブマスター」という役職ができたこと。

サブマスターは加入申請の処理と一般メンバーの追放が可能になる。

一方、ギルド金庫の引き出し条件や脱退条件等の項目は変更できない。これらは今まで通りギルドマスターの特権だ。

また、マスターが脱退や死亡等でギルドを去った場合、サブマスターが自動的にマスターを引き継ぐ。サブマスターを設定していない状態でマスターが消えた場合、ギルドは消滅する。

もう一つが、ギルドマスターを決める選挙システムの導入だ。

選挙は立候補者が二人以上いる場合のみ行われる。投票時間は24時間で、最も得票数の多い者がマスターになる。トップの票数が同じ場合は直ちに決選投票が行われるらしく、こちらの投票時間も24時間。

立候補の意思確認は毎週月曜日に行われる。ただし、選挙で負けた者は30日間立候補できない。

「選挙システムの実装は正直ありがたいな」

「どうして？　ウチには関係ないじゃん」

「ウチはそうだが、他所は関係大ありだ。マスターの暴走をある程度は抑えられる」

マスターの権力は絶大だ。例えば法外な脱退金で縛ってから、「従わないとギルドに所属させたままの状態で拠点から叩き出す」などと脅せば、相手は従わざるを得ない。ギルドの掛け持ちが不可になったことで、ますます権力が強まった。

選挙システムはそういった畜生行為に対する多少の抑止力になるだろう。マスターの地位が危ぶまれるとなれば、そう易々（やすやす）とは暴挙に出られない。

「色々な仕様変更があったけど結局どうなの？」

総括を求めてくる麻衣。

「うーん……」

俺は少し考えてから答えた。

「俺たちは今までと変わりない。ただ、選挙システムの実装によってマスターの支配力が弱まったから、暴君気質のマスターは不満を抱いているんじゃないかな」

「暴君気質のマスターっていうと……栗原とか?」

「だな」

グループチャットの様子を窺う。

栗原：マジでムカつくわ、頭のおかしい要望出してんじゃねぇぞ
栗原：誰だよこんな要望を出した奴
栗原：こんな要望を出したのなんてどうせ陰キャだろ
栗原：しょうもない要望を出す前に日本に戻ることを考えろ

やはり栗原は不満を爆発させていた。想像以上に吠えていて思わず笑ってしまう。よほど選挙システムがお気に召さないようだ。

「ねね、本当に〈相棒〉や〈ギルド〉の要望を出した人っているのかな?」

麻衣はスマホを眺めながら言った。

「少しはいたんじゃないか。わざわざ要望コーナーを常設したくらいだし」

これまで〈相棒〉と書かれていたボタンが〈要望〉に変わっている。好きなタイミングで要望を出すことが可能になった。

さっそく要望を送ってみよう。

『この世界の創造主と話せるようにしてほしい』

送信ボタンを押す。

すると一瞬の間を置いてアラートが表示された。

『送信できません』

色々と言い方を変えて要望を送ろうとする——が、結果は変わらない。『送信できません』の一点張りだ。この島からの脱出に関する要望でも同じ調子だった。

「もしかして今はまだ要望を出せないのか？」

そう思い、どうでもいい要望を出すことにした。

『トイレの水量を増やしてほしい』

これまでと同じ調子で送信ボタンを押す。

すると——。

『ご協力ありがとうございました』

あっさり送信できた。

「対話する気もなければ帰還方法を教える気もないわけか……」

Xの方針は分かった。

正直、俺たちにとってはかなり厳しい状況だ。これでは脱出の糸口を摑むのが難しい。

「こうなってくると頼みの綱は今宵(こよい)のボス戦だけだな」

徘徊者のボスことゼネラルタイプ。

今はそいつとの戦いに集中するしかなさそうだ。

【合同作戦】

朝食後はひたすら金策に励んだ。俺と麻衣は漁、美咲は料理、由香里は魔物狩り。稼げるだけ稼いでおく。地獄の沙汰もポイント次第である。

結果、今日だけで130万も稼いだ。

スキルレベルも上がり、俺と麻衣の【細工師】レベルは10になった。俺は、【漁師】のレベルも10に到達。

スキルレベルが10になったことで新たな効果が追加された。説明文を読む限り、どちらも使い勝手が良さそうだ。

「そろそろ行くか」

0時過ぎ、俺は拠点を発とうとしていた。4時間ほど寝たので体の調子がいい。

「風斗、もう行っちゃうの？ 少し早いんじゃない？」

麻衣に声を掛けられる。彼女は洞窟の出入口付近で待っていた。

「そうですよ、風斗君」

「慌てる必要はない」

ダイニングから美咲と由香里も出てくる。彼女らの飼っているペットも一緒だ。

「日中と同じペースで移動できないから安全運転で向かうんだ」

俺は「それよりも」と、麻衣の後ろに目を向ける。既に3枚のフェンスを立ててあった。

「準備が早すぎないか？　ていうか、麻衣と由香里は寝ていたほうがいいだろ。徘徊者戦の当番なんだから」

「へーきへーき！　2時間くらい寝たし！」

「私も大丈夫」

「ならいいけど」

「フェンスはスキルの効果を試すのに使ったの。かなり便利だね！」

【細工師】の追加効果か」

「そーそー！　風斗も使えるんじゃない？　このフェンス、風斗と一緒に作ったんだし！」

「試してみよう」

俺はカメラをフェンスに向けた状態でスマホを操作する。

ポンッとフェンスが消えた。再び操作すると、今度はどこからともなく現れた。

これが【細工師】の新たな力――製作物の収納と設置だ。

「たしかに便利だな」

「でしょー！　いいよねこれ！　かなり便利！」

麻衣が【細工師】の追加効果でフェンスを撤去する。

俺は外に出てマウンテンバイクをレンタルした。夜道に備えてオプションのライトを装着しておく。

「武器よし、スマホよし、ヘルメットよし」

丁寧に指さし確認。

「行ってくるぜ！」

「やばいと思ったら逃げるんだよー」

「ご武運をお祈りします」

「無茶は駄目」

「ありがとう、みんな！」

マウンテンバイクに乗り、ライトを点ける。

「じゃあな！」

俺は真っ暗な森に突っ込んだ。

◇

オプションで取り付けられるライトには種類がある。

違いは明るさだ。光の量を示すルーメンという単位は高いほど明るい。

一般的なライトの明るさは200ルーメン前後。1万円前後で売られている高級品で

1，000ルーメン程になる。

対して、俺のマウンテンバイクに搭載しているライトは5，000ルーメンだ。そのうえ照射角度も超広角なので、日中に匹敵するレベルで前方を照らす。運転しているほうからすれば快適なことこの上ない。

だが、その光を浴びる側からすると――。

「なんだよそのライト！」

「眩しいぞ、消せバカ！」

「俺たちの目を潰す気かよ！」

栗原の拠点に着いた俺は、他の連中から大バッシングを受けた。

「わりぃわりぃ」

慌ててライトを消し、皆と同じく洞窟の傍に自転車を停める。

二つ並んだ洞窟の前には、既に合同作戦の参加者が揃っていた。ざっと確認しただけで3クラス分――120人はいる。男女比は圧倒的に男が多く、女は数人しかいない。

洞窟内にも生徒が20人ほど。拠点の防衛担当だろう。どこのギルドも拠点を防衛するための人員を残していた。

（む？　吉岡の姿が見えないな）

3年の茶髪こと吉岡がいない。洞窟の中にも外にも。

防衛に参加しないならこの作戦に参加するはずだ。

どちらも不参加というのは栗原が認めないだろう。

などと思っていると、栗原が近づいてきた。

「ようやく来たか、漆田。遅すぎるだろ」

「徘徊者戦の開始30分前という指示は守っているはずだが？」

時刻を確認すると1時29分だった。あぶねぇ、思っていた以上に遅刻寸前だ。

「ところで栗原、一ついいか」

「俺を呼び捨てにする2年はお前くらいだぞ」

「それで一ついいか、栗原」

「なんだよ」

「吉岡はどうした？　いないようだが死んだのか？」

「なんであいつが死ぬんだよ」

笑う栗原。俺が冗談を言っていると思ったのだろう。

「本気で尋ねているのだが？」

「チッ、つまんねぇ奴だな。アイツは死んじゃいねぇよ」

「ならどうしていないんだ？」

「体調不良で欠席だ。拠点の奥で休んでいる」

「体調不良？　万能薬で元気になるだろ。強壮薬でもいい」

「俺もそう言ったが、怪しげな薬は怖くて飲みたくないそうだ」

コクーンの薬を拒む生徒は少なからずいる。追い詰められれば飲むだろうが、可能な限り避けたいという考えだ。

その気持ちは理解できる。俺も積極的には飲まない。

「薬を飲まずに休むなんてことを許したのか」

「吉岡はいい奴だからな」

言い換えると「吉岡だから許した」ということだろう。例えば矢尾とかいういじめられっ子なら怒り狂ってぶん殴っていたはずだ。良くも悪くも栗原は分かりやすい。

「ところで漆田、美咲ちゃんは元気にしているのか？」

「ああ、元気だよ」

「そうか」

それだけ言って、栗原は会話を切り上げた。美咲に執着する理由を訊きたかったが今は無理そうだ。

「作戦の説明を始めるぞ！」

皆の前に移動すると、栗原は大きな声で言った。

一瞬にして場が静まる。

「三つのグループに分かれて行動する。第一グループは俺のギルドと漆田だ」

俺は誰にも聞こえない声で「だろうな」と呟いた。栗原は俺の近くで戦って実力差をアピールしたいのだろう。ありがたい心意気だ。

今の俺は過大評価されている。行き過ぎて「英雄」などと評する者が何人もいる。ギルドを吸収してほしいというお願いもしばしば届いていた。

できれば適切な水準に評価を落としたい。今回の戦いはそのいい機会になりそうだ。栗原が頑張れば頑張るほど、「漆田風斗は思ったほどじゃない」となるはず。

「第二グループは五十嵐のギルドだ。頼むぞ」

「おうよ！　徘徊者戦は俺たちが主役だからな！　任せろぃ！」

3年の丸刈りこと五十嵐が大きな声で答える。彼は体育会系ギルドのマスター兼野球部のキャプテンだ。豪語している通り、徘徊者戦では彼らが主役になるだろう。

「残りは全て第三グループだ」

合同作戦に参加を表明しているギルドは俺を含めて7つ。なので、第三グループは4ギルドの混合になる。上手く統制が取れるのか心配だった。

ただ、栗原の作戦に異論はない。

どのグループも40人前後で上手く分かれているからだ。

「三つのグループは適当な距離を保ちながらボスを目指す。グループ間の足並みは大まかに揃えるだけで、細かくは考えないでおこう。即席の集団だから考えるだけ無駄だ」

俺を含めて皆が頷いた。

「あと、撤退の判断は俺がする。勝手に逃げないように。怪我をしたら万能薬でも飲んで耐えろ。話は以上だが、何か質問はあるか？」

誰も手を上げなかったので終了した。

その後はグループごとに固まって深夜2時になるのを待つ。

「あ、そうだ！　皆、ライト付きのヘルメットを被っとけよー！　何もなしだと真っ暗で見えねぇから！」

五十嵐が言う。彼のギルドメンバーは例外なくヘルメットを装備していた。

他の連中は慌てて購入している。自発的に気づけないとは間抜けな奴らだ。なお、その間抜けの中には俺も含まれていた。

「五十嵐、他に必要な物は？」と栗原。

「あとはやる気と度胸だけだ！」

がっはっは、と愉快気に笑う五十嵐。

彼の仲間たちも馬鹿でかい声で笑っている。

栗原は不快そうに眉をひそめ、「そうか」とだけ答えた。どうやら五十嵐のことが好きではないようだ。本当に分かりやすい。

（そろそろ時間だな）

俺はヘルメットのライトを点けて刀を抜く。

スマホに表示されている時刻が1時59分から2時00分に変わった。

サバンナに棲息（せいそく）している大量の魔物が姿を消す。

丈の長い雑草がざわざわと不穏な動きを見せる。

そして――。

「「グォオオオオオオオオオ」」

草むらに徘徊者の群れが現れた。

「狩りの時間だぁあああああああああ！」

バットを片手に突っ込む五十嵐。

彼のギルドメンバーが「ヒャッハー！」と続く。

「俺たちも突撃だ！　徘徊者のボスを倒して日本に帰るぞ！」

栗原が進軍の号令を下す。

こうして、絶望の合同作戦が幕を開けた――。

【手持ち無沙汰】

徘徊者戦は頭数が大事――。

そのことは分かっていたが、今回の合同作戦で改めて実感した。

約120人からなる集団で戦っていると非常に楽なのだ。そこら中から迫ってくる敵が全く怖くない。

むしろ敵の数が足りないくらいだ。襲ってきては一瞬で全滅させられていく。新手の集団が約10秒間隔で現れるものの、それもまた瞬殺される。余裕過ぎて手持ち無沙汰になっている者もいた。

俺もその一人だ。栗原に「後ろで見ていろ」と言われて控えていた。

当の栗原は現在進行形で無双中だ。メリケンサックを装備した拳で殴りまくっている。

何がそこまで愉快なのか、敵を倒す度に白い歯をぎらつかせて笑っていた。

（本当にスペックの高い男だな）

栗原の強さは見かけ通り――いや、それ以上だ。

単独なら間違いなく最強。『三国志』に出てくる呂布みたいな男だ。

「おい！　お前らペースを上げろ！　このままじゃいつまで経ってもボスに辿り着けないぞ！」

イケイケドンドンの栗原。

それに続く彼のギルドメンバーは大変そうだ。吉岡の不在が効いている。彼がいれば「おいクリ、今から飛ばしてどうするんだよ」とでも声を掛けただろう。

（スペックの高さが裏目に出ているな）

栗原の欠点は自分をベースに考えることだ。「俺ができるのだからお前らもできるだろう」という考えの下で行動している。要するに格下への思いやりが足りないのだ。

彼の考え方自体は決して悪くない。自分ならどうかと考えて判断するのは大事だ。俺だって基本的には自分をベースに物事を考える。

だが、俺の場合はそれで問題ない。俺自身が典型的なモヤシ野郎だから。むしろ俺よりも仲間たちのほうが優秀だ。なので、俺ができることは他のメンバーもできる。

（栗原が俺と同じような冴えない高校生だったら、もっと上手く周りと付き合えただろうにな）

そんなことを思っているとサバンナを突破した。

飛ぶ鳥を落とす勢いで森に攻め入る。

「ヒャッハー！　徘徊者をしばくのってマジ最高！」

「ゾンビゲームみたいでおもしれぇ！」

戦闘経験の豊富な第二グループがグングン進んでいく。視界の優れない森の中でも、彼らの快進撃に陰りは見えなかった。

「五十嵐！　あとどのくらいでボスだ⁉」

栗原の声が森に響く。

「もうすぐだ！　このペースなら20分くらいで着くぜ！」

「20分か。なら俺はボス戦まで体力を温存する。残りの雑魚戦はお前らでやれ！」

栗原はギルドメンバーに敵を押しつけ後退。俺の隣にやってきた。

「漆田、徘徊者って後ろからは攻めてこないのか？」

開口一番に尋ねられる。

「そういえば……」

言われるまで気がつかなかった。いつも洞窟で戦っているため、背後を気にしたことがなかったのだ。

今さらながら慌てて振り返る――が、徘徊者の気配はしなかった。

「分からないが問題なさそうだ。たぶん敵の数には上限がある」

「そうなのか」

「後ろから栗原たちの戦いを見ていて分かった。敵の数は常に同じだ」

「ふむ」栗原は少し間を置いてから続けた。「お前は大したもんだ。戦っていなくてもそうやって貢献できる」

「あ、あぁ、そりゃどうも」

いきなり褒められたので驚く。

とはいえ相手は栗原だ。もちろん褒めただけでは終わらない。

「だがな漆田、この島じゃ力が大事なんだ。リーダーには力が求められる。敵を倒し、仲間を従わせる絶対的な力が必要なんだよ。お前みたいなガリガリのチビにはどうやっても無理だ」

「チビって言うが、これでも身長は172センチ……まぁそっちから見ればチビか。それで何が言いたいんだ?」

「お前はリーダーよりも参謀タイプなんだよ。軍師ってやつだ。だからお前のギルドを解散してメンバー全員で俺のギルドに加われ。悪いようにはしない。Aランク扱いにしてやる。お前だけさらに上のランクを用意してやってもいい」

これまた驚きの提案だ。

えらく評価されたものだ——とは思わない。栗原の狙いは見え見えだ。

奴が求めているのは俺ではない。美咲だ。

「折角のお誘いだがそれはできない」

「なら美咲ちゃんを返せ。美咲ちゃんが抜けてもギルドの人数は3人だろ。お前のギルドに弓場(ゆば)が入ったことは知っている。美咲ちゃんがお前のギルドにいる理由はなくなったはずだ」

今度は直球だ。本当に分かり易いな、と心の中で笑う。栗原のことは嫌いだが、彼の愚直ともいえる一面は嫌いではない。

「美咲は物じゃない。だから返すも何もない。ウチを抜けてそっちに移るかどうかは美咲が決めることだ。俺は彼女の意思を尊重する」

栗原は舌打ちし、地面に唾を吐いた。

「気に入らねぇ。お前みたいな男の何がいいんだ。他の奴等もお前を褒めまくっているが、俺からすれば明らかに過大評価だ。たしかにお前は頭が切れるし勇敢だとも思う。だが、取り立ててチヤホヤされるほどじゃない」

「初めて意見が合ったな。俺も自分が特別だとは思っていない」

「ふん」

栗原が会話を終える。いつもならこの後は沈黙が続きそうなものだが、今回は違っていた。

今度は俺から話しかけたのだ。

「栗原、一ついいか」

「なんだ?」

「どうしてそこまで美咲にこだわるんだ?」

ずっと気になっていた。この男の美咲に対する執着は異常だ。「かつて恋仲にあった」と言われても驚かない。

「…………」黙る栗原。

「答えられないようなことなのか？」

「いや……」

栗原は悩んだ後、大きく息を吐き、後頭部を掻いた。念入りに周囲を確認し、他には聞こえぬよう声をひそめて言った。

「惚れてるんだよ。俺、美咲ちゃんのことが好きなんだ」

「いや、それは分かっているよ」俺は苦笑いを浮かべた。「その理由を訊いているんだ」

「この島に来る前からいいなとは思っていた。見た目がタイプなんだ」

「なるほど。でも、他に理由があるんじゃないか？」

外見に一目惚れしただけであそこまで入れ込むものだろうか。俺なら答えはＮＯだ。

案の定、栗原は「まぁな」と頷いた。

「初日の徘徊者戦だ。俺たちは10人かそこらで臨んだ。今ならその数でも余裕だが、なにせ初めての戦いだったから苦戦した」

「最初は勝手が分からないもんな。それで？」

「戦いの終わりが近づいてきた時だ。誰かが負傷して、そこから一気に崩れた。俺も徘徊者に脇腹を食いちぎられた。泣き喚く声が洞窟に響いて、怪我をしていない奴もビビって動けなくなった」

話が見えてきた。

「そんな中、美咲ちゃんは落ちていた武器を拾って一人で戦ったんだ。俺や他の奴が苦戦した相手に、誰よりも小さい体で、しかも女なのに。必死に俺たちを守ってくれたんだ。戦いが終わった後も率先して俺たちの治療をしてくれた。自分だって怪我したっていうのに、そんなのおかまいなしで助けてくれたんだ。そんなことされたら惚れるしかねぇだろ」

「なるほど、そうだったのか」

美咲が仲間になった頃を思い出す。徘徊者を倒すと上がる【戦士】のレベルが2もあった。

「美咲ちゃんには命を救ってもらった恩がある。俺は恩返しがしてぇんだよ。でも近くにいないとできねぇだろ。それにお前のところは人数が少ないから不安だ」

「不安になる気持ちは分かるが、多いから安心とも限らないだろう」

「どういうことだ？」

「この島には法や秩序ってものが――」

「ボス戦が始まるぞー！」

五十嵐の声によって、強引に会話が打ち切られた。

「止まれ！　この先にボスがいるんだ！」

五十嵐の合図で全グループが停止。

栗原は皆の前に移動した。

（ここがボスの待ち受ける戦場か。いかにもって感じだな）

前方には草原が広がっていた。五十嵐曰く、広さは約200メートル四方らしい。

その小さな草原のど真ん中にボスがいる。

「先に言っておくぞ！　草原に入った瞬間、ボスの火の玉攻撃が飛んでくる！　速くないし距離もあるから、気をつけていれば余裕で避けられる！　あと、他のザコ徘徊者がうじゃうじゃ湧く！　そいつらにも注意が必要だ！」

五十嵐は説明を終えると「後は任せた」と栗原の肩を叩いた。

栗原は頷き、右の拳を突き上げる。

「ボスを倒して日本に帰るぞ！　突撃しろ！」

「「うおおおおおおおおおおおお！」」

全員が腹の底から吠えて突っ込んだ。

寡黙な男と思われている俺も吠えた。

【ゼネラルタイプの猛威】

草原に足を踏み入れた瞬間に大量の徘徊者が現れた。両側面から雄叫び(おたけび)を上げて突っ込んでくる。

「第一と第三の人ら、ザコの相手は頼んだ！」

五十嵐が正面のボスに向かって金属バットを伸ばす。

「敵は真っ直ぐ(まっすぐ)行ったところにあり！」

「ギャハハ、五十嵐が言うとしまらねぇ！」

「うるせ！　行くぞ！」

「「うおおおおおおお！」」

第二グループの連中が真っ直ぐボスへ突っ込んでいった。

「漆田、来い！　俺たちも第二についていってボスを殺るぞ！」

「分かった！」

俺は承諾し、栗原と二人で五十嵐ら第二グループに続く。

（この展開はありがたいな）

元々、ボス戦にはどうにか交じりたいと思っていた。ボスことゼネラルタイプがどのような敵か、しっかり情報を収集したかったからだ。この辺でザコと戯れていても姿すらまともに見えやしない。

「火の玉が来るぞー！」

五十嵐が叫んだ。

「逃げろ逃げろぉ！　逃げなきゃやられるぞ！」

「焼かれたら熱いぜぇ！　熱くて死んじゃうぜぇ！」

第二の連中が左右に展開する。ハイテンションで愉快気だが油断はしていない。

俺と栗原も彼らに倣って横に移動する。

その直後、ボスの攻撃が始まった。

（あれが火の玉か）

最初に視認した時は淡い光に見えた。

近づくにつれて形が鮮明になっていく。

直径1メートルほどの球体だ。スピードは恐るるに足らず。喩えるなら小学生がドッジボールで投げる球といったところで、距離があるため問題なく回避できた。

とはいえ気を抜けば被弾するし、当たれば高確率で死ぬ。今みたいに他のグループにザコを任せた状態なら問題ないが、ザコを処理しながら距離を詰めるのは難しそうだ。

敵の攻撃を回避したら再び進軍する。

「五十嵐！　火の玉はどのくらいの頻度で発射されるんだ？」

大きな声で尋ねる栗原。

「バリスタを使う奴と同じくらいだ！」

「10秒に1回ってことか」と俺。

「なら楽勝だな！」

栗原はニヤリと笑い、走る速度を上げた。俺を置き去りにすると、さらには第二グループをも抜いた。

「おい栗原、そんなに飛ばすとバテるぞ！」

「問題ねぇよ！」

五十嵐が忠告するも栗原は止まらない。

「やっぱ栗原ってやべーわ」

「あいつ恐れってものを知らないのか」

体育会系の連中ですら驚いている。

「栗原、気をつけろ！　そろそろ来るぞ！」

五十嵐が警告する。

「火の玉だろ？　分かってるよ！」

「違う！」

次の瞬間――。

「ガッ…………！」

栗原の体が不自然に浮いた。四肢を地面に垂らした状態で。

彼の被っているヘルメットのライトが何かを照らす。

それは、漆黒の甲冑だった。

「「ボスだあああああああ！」」

体育会系の連中が叫んだ。

「あいつがゼネラルタイプ……！」

漆黒の馬に乗る漆黒の騎士。体格は栗原より一回り大きく、武器は円錐形の大槍。

それがボスの正体だった。

「栗原！」

慌てて駆け寄ろうとする俺を五十嵐が止めた。

「まずは準備が先だ！」

体育会系の連中はスマホを取り出した。素早く操作し、付近に設置型のライトを召喚。

場がこれまでよりも明るくなり、ボスの姿が鮮明になった。

「よし戦闘だ！　今日こそ勝つぞ！」

「「おう！」」

五十嵐の指示で連中がボスを包囲する。

「ヌンッ！」

ボスが槍を振り、刺さっている栗原を飛ばした。

「グハァッ！」

栗原は派手に転がり、設置型ライトに当たった。

「栗原！　大丈夫か！」

俺は栗原のもとへ駆け寄り、事前に用意しておいた万能薬を飲ませる。彼の腹部に開いた絶望を禁じ得ない穴が一瞬で塞がった。

「助かった。だせぇところを見せたな」

「困った時はお互い様だろ」

「かもな」

栗原は立ち上がって水分補給。単騎で突っ込んできた人型のザコを裏拳で殺し、ふぅ、と息を吐いた。

「あの敵と戦うのに拳じゃきついな」

武器を交換する栗原。

新たな武器はリーチのある太刀だ。佐々木小次郎を彷彿させる長物。

（リヴァイアサンの時は弓を使っていたし……この男、本当に単体スペックは最強だな）

「これなら懐に潜り込まなくても攻撃できる」

「なるほど、考えたな」

「行くぞ漆田！」

「はいよ」

栗原とともに体育会系の戦闘に加わる。

「余所見してる奴には魔球を食らわせてやらぁ！」

「あちょー！」

「俺のフリーキックはベッキャム仕込みだぜ！」

「バトミントンじゃねぇ、バドミントンだ！」

五十嵐たちはノリノリで戦っていた。ふざけたセリフからは想像もつかないほどの巧みな連携を見せている。ボスに狙われた者は回避に徹し、残りが死角を突いていた。

といっても距離は詰めず、遠くからボールや石を当てているだけだ。

明らかに近接戦闘を避けていた。近づくと栗原の二の舞になるからだろう。

「お、復活したのか栗原！」と五十嵐。

「当たり前だろ、あの程度じゃやられねぇよ！」

「流石だぜ！」

当たり前なことなどあるものか。俺が助けなければ死んでいた。

……が、そのことは黙っておこう。

「ボスは俺が仕留めてやる。援護しろ五十嵐」

「頼もしいぜ栗原！」

「ふん」

栗原が集団から抜けてボスに突撃。

「栗原、気をつけろよ！　あの馬は小回りが利く！」

その言葉に呼応するかの如く、漆黒の馬はくるりと方向転換。栗原に突っ込んだ。

（小回りが利くだけじゃないぞ！）

速さも凄まじい。スーパーカー顔負けの加速力だ。最高速度は普通の馬と同程度だが、そこへ至るまでが一瞬だった。

「これだけ灯りがありゃお前なんざ怖くねぇんだよ！」

馬のタックルを避けてカウンターを放つ栗原。

完璧な水平斬りが馬の四肢を斬り落とす――はずだった。

「ヌンッ！」

ボスが阻止した。槍が目にも留まらぬ速度で動いたのだ。気づいた頃には栗原の太刀を弾き飛ばしていた。

「まずいぞ栗原！」

五十嵐が叫ぶも、既にボスの槍が栗原に向かっていた。

「ぐっ！」

栗原はすんでの所で回避。槍を弾かれた段階で動いていたのが奏功した。

（あの場にいるのが栗原じゃなくて俺だったら死んでいたな）

ゼネラルタイプの強さは想像以上だ。だが、こちらのターンはまだ終わっていない。

俺は栗原が戦っている間に攻撃の準備を済ませておいた。

バリスタ――リヴァイアサンを屠った最強兵器だ。

「照準は完璧だ、死ね！」

空いている射線から攻撃。極太の矢が放たれる。

それは一直線に飛び、ボスに――。

「ヌンッ！」

――弾かれた。

「マジかよ」

愕然とする俺。信じられなかった。

「今ので無理なのか……」

「今のはイケるやつだったろ……」

五十嵐らも愕然としている。場に動揺が広がった。

(真っ向勝負ではどうやっても勝てないな)

俺にとって、今日は最初から勝つ気のない戦いだった。敵の情報を得て、次回以降の戦いに活かせればいい。そう思っていた。

それでも、バリスタの一撃を軽々と防がれたことには絶望した。

「クソッ！　今度こそ！」

栗原がスマホを取り出して新たな武器を買おうとする。

それを見た五十嵐は「やめたほうがいい」と止めた。

「漆田の攻撃ですら無理だったんだぞ。普通に戦っても勝てないって！」

「やってみなけりゃ分からねぇだろ！　漆田がなんだって言うんだよ！」

「冷静になれば分かるだろ。お前は強いけどそれは人間の中での話だ。ボスとタイマンで勝つなんて無理だよ。相手はバリスタの攻撃をいとも容易く弾いたんだぞ！　お前にバリスタよりも強烈な攻撃ができるっていうのか？　無理だろ！」

第二グループがじわじわとボスから離れていく。

ボスも俺たちから距離を取った。左の手の平をこちらに向けて「ヌゥ」と唸っている。

「あいつ、何をするつもりだ？」

栗原は五十嵐に尋ねた。

「火の玉の発射準備だよ。こっちが距離を取ったから攻撃パターンを変えたんだ」

「すると攻撃パターンは三つあるのか？」

俺は会話に加わった。

「火の玉と槍の二つだろ」と栗原。

「いや、三つだ。馬のタックルがある。たぶんこっちが攻撃しようとしなけりゃ槍は使わない」

「漆田の言う通りだ。だからボスに狙われた奴は攻撃をやめて避けに徹している。火の玉ほどじゃないが、馬のタックルも避けるのは難しくないからな」

「ボスが誰を狙うか分かるの?」

「いや、分からん。何度か戦った感じだとランダムっぽい。あと、ボスの動きもエリートやノーマルと違って意志がある気がするんだ」

「というと?」

「今はあっさり下がって火の玉の準備をしているが、毎回そうとは限らない。執拗に追いかけてくる時もある。しかもわざと追いかけ回すんだよ。あたかも俺たちの逃げ惑う様を楽しんでいるかのように」

「わざと? ありえないだろ、相手は人間じゃないんだぞ」

「だってあの馬だぜ? 小回りは利くしスピードもやばい。で、フィールドは何もない草原だ。なのに昨日、奴は俺と10分以上もおにごっこしていた。ありえないだろ」

「たしかにそれはおかしいな」

ボスがその気なら数秒で詰められる。意図的にいたぶっているとしか思えなかった。

他の徘徊者ならそんな小賢しいことはしない。機械的に追いかけて、機械的に攻撃する。

「だから確定している情報は少ない。ボスは草原の中央にいて、遠くにいる時は火の玉を撃ってくる。で、半径50メートルくらいまで詰めると動き出す。分かっているのはそれだけだ」

五十嵐は金属バットを肩に担ぎ、ボスに背を向けた。

「じゃ、今日の作戦は終了ってことで。お疲れさん!」

「待てよ五十嵐！　撤退の判断は俺がするんだよ！」

「それは第一と第三だけだ。第二は俺が仕切らせてもらう。俺のギルドなんでな。そんでもって、俺はこれ以上の戦闘は意味がないと判断した。戦っても勝てないし、長引けば死傷者が増える。だから今日はもう終わり！」

「なっ……！」

絶句する栗原。

その間も第二グループは撤退の準備を進めていく。すり抜けてきたザコを倒しつつ、レンタルのマウンテンバイクを召喚する。

「おい待てって！　もうすぐ第一と第三もこっちに来るんだぞ！」

「どうにもならねーよ、今のままじゃ。何か有効な手立てを見つけたら教えてくれぃ！　その時は協力すっから！」

五十嵐は仲間を連れて「お疲れっしたー！」と戦線を離脱。片手で自転車を運転しつつ、もう一方の手でバットを振り回している。惚れ惚れするくらいにスピーディーな撤退だ。

「おい、いがら……クソッ！　だからアイツは嫌いなんだ！」

栗原が地面を蹴りつける。

「そんなことより栗原、俺たちも撤退しよう。第二がいないんじゃ無理だ」

「仕方ねぇ」

栗原は「終わりだ！　帰るぞ！」と撤退の号令を下す。

だが、戦いはまだ終わらない。
むしろ、ここからが本当の地獄だった。

【絶体絶命】

いざ撤退しようとしてよく分かった。第二グループの連中がいかに凄かったのか。

走りながら敵を倒しつつ、さらには乗り物を召喚するなど俺には不可能だ。仮にできたとしても、片手運転をしながら戦うなど絶対に無理。

五十嵐たちの動きは、俺からすれば曲芸だ。

いや、俺だけではない。大半の人間には同じように見えていたはず。

故に、第一と第三は徒歩で撤退することになった。

「大丈夫だ、ゆっくり下がるぞ！」

栗原は第一と第三グループを固めて下がらせる。

――が、そこにボスの攻撃が及ぶ。

「火の玉だ！」

避けようと皆が好き勝手に動く。

まとまっていた軍団がバラバラになった。たった一発の攻撃によって。

敵の攻撃はまだ終わらない。今度はバリスタ兵の放った徘徊者が飛んできた。

「「うわぁぁぁぁ」」

多くの生徒が吹き飛ばされる。

「「グォオオオオ！」」

尻餅をついている生徒たちにノーマルタイプの徘徊者が襲いかかる。

「「ぎゃあああああああ！」」

第三グループの何人かが喰（く）われた。

「たす……け……」

その内の一人は即死だった。両膝を地面に突き、そのまま前に倒れる。抉（えぐ）れた首から血（ち）飛沫（しぶき）が上がり、一瞬にして血溜（ちだ）まりができた。

「だめだああああああああああああ！」

「もうおしまいだぁあああ！」

「こんなの参加するんじゃなかった……」

第三グループがパニックに陥り、蜘蛛（くも）の子（こ）を散らすように方々へ逃げていく。もはや収拾がつかない状況だった。

「「グォオオオオオオオオオオオオオオオ！」」

「ぎゃああああああああああああああああ！」

浮いた駒が次々に喰われていく。運のいい人間だけが辛うじて生き延びている。

まさに惨憺（さんたん）たる有様だった。

「落ち着け！　俺たちは大丈夫だ！　拠点に戻るぞ！」

栗原は第一グループ――自らのギルドメンバーを一喝してまとめあげる。第三グループを助けようとはしなかった。見捨てたのだろう。

非情だが仕方ない判断だ。さもなければ第一も壊滅する。俺も生きては帰れない。

「俺たちの拠点はそう遠くない！　固まって戦えばどうにでもなる！　前の敵は俺と漆田が倒す！　残りの奴は後ろから追ってくる敵に対処しろ！」

栗原が俺に「行くぞ！」と言う。

俺は頷き、彼の隣で刀を振るった。

「栗原、いつの間に武器をメリケンサックに戻したんだ？」

「さっきだ」

「気づかなかった。ちゃっかりしているな」

「いいから戦いに集中しろ」

「わりぃ」

前から来る敵の数は多くない。俺と栗原だけでも余裕だった。

後ろもどうにかなりそうだ。

「まさかボスがあそこまで強いとはな。漆田、何か策はないのか？」

「いや、何も。流石にあれは厳しいだろ」

嘘だ。本当は一つあった。これなら勝てるのではないか、という策が。

ただ、言えば栗原が真似するのは目に見えていた。

パクられること自体は別にどうでもいい。むしろ、そのほうが戦わずに済んで助かる。

嫌なのはパクられた挙げ句に失敗して死なれることだ。

栗原のことは好きか嫌いかで言えば嫌いに入る。余裕の大嫌いだ。それでも、俺の案をパクって死なれたら「ざまぁみろ」とはならない。しばらく嫌な気分を引きずるだろう。

だから内緒にしておいた。

「おっ！」

いよいよ森を抜けてサバンナに到着した。拠点まであと少しだ。

「一時はどうなるかと思ったが、どうにか無事に戻れそうだな」

栗原が「そうだな」と頷く。安堵の色が窺えた。

「お前ら！　あと少しだぞ！　頑張れ！」

「「うおおおおおおお！」」

サバンナに着いたことで士気が上がった。皆が最後の力を振り絞って戦っている。

幸いなことに、栗原のギルドには死者が出ていない。万能薬のおかげで負傷者も出ずに済んでいた。

「第一と第二は無事で第三だけ壊滅状態か」

「練度の差が出たな」と栗原。

「練度というよりも統率者の差だろう」

「フフ、お前が俺を褒めるとは意外だな、漆田」

「別に褒めてはいない」

「………」

　第一グループには栗原、第二グループには五十嵐がいる。

　一方、第三グループは寄せ集めなので、明確な統率者がいなかった。ひとたびバラバラになるとおしまいだ。

「さぁ入れ！　敵は俺と漆田に任せろ！」

　拠点の前で栗原が止まった。外に残って迫り来る敵を倒すつもりだ。その間にギルドメンバーが拠点内に逃げ込んでいく。

（これは頼もしいな。なんだかんだで皆が従うわけだ）

　そうこうしている間に撤退が完了。外に残っているのは俺と栗原だけになった。

「栗原、俺たちも入ろう」

「そうだな」

　栗原と共に洞窟へ入ろうとするが――。

「ん？」

　俺だけ防壁に阻まれて入れなかった。

「栗原、ギルドの設定を変更して入れるようにしてくれ」

「………」

栗原は防壁の向こうで黙っている。

他の連中はざわざわしながら成り行きを見守っていた。

「おい！　栗原！　設定を変えろよ！　冗談じゃねぇぞ！」

栗原に背を向けて徘徊者を斬りまくる。予想外の展開に頭が混乱していた。

「……たら……」

「は？　なんだ？　なんか言ったか栗原！」

「入りたかったら美咲ちゃんを返せ！」

「何を馬鹿なことを……！」

「俺は本気だぞ漆田ァ！　死にたくなかったら美咲ちゃんを返せ！」

「返すもなにも美咲は自分の意思で俺たちのギルドにいるんだぞ！」

「知るかよ！　返すのか！　返さないのか！　どっちだ⁉」

「……お前、正気かよ」

俺は栗原のことを見誤っていた。この男の美咲に対する執着ぶりは異常だ。狂気じみており、常軌を逸していると言っても過言ではない。後をつけ回さないだけで、その性質はストーカーと何ら変わりなかった。

「ここで俺が死んだら美咲に嫌われるぞ！」

「そうはならねぇ！　この場には俺と俺のギルドメンバー、そしてお前しかいない！　お前の死は適当な理由をでっちあげれば済むんだよ！」

「もういい、話にならん」

俺は振り返り、栗原の後ろにいる連中を睨んだ。

「お前ら！　せめて俺がマウンテンバイクに乗るまで戦ってくれ！　このままじゃ本当に死んじまう！　もう限界だ！」

「そんなこと言われても……なぁ？」

「ああ、困るよ……」

「こっちだって辛いんだ……」

「ごめん……」

「無理だ、すまん……」

どいつもこいつも戦意を喪失していた。飛び出して敵と戦うのが怖いのだろう。栗原にビビって動けない者もいるはずだ。

「クソッ、吉岡がいればこんなことには……！」

吉岡は体調不良で不在だ。そのせいで栗原を咎められる人間がいない。

「栗原、お前はクズだ！　とんでもねぇクズ野郎だ！」

「そうか」

「だがお前だけじゃない。お前の仲間もクズだ！　絶対に許さないからな！」

ここで戦い続けても意味はない。俺は自分の拠点まで逃げることにした。

（クソッ、マウンテンバイクは目と鼻の先にあるっていうのに……！）

とてもではないが、マウンテンバイクに乗る余裕などない。

走るしかなかった。

「ゴミ共に裏切られて死ぬなんざまっぴらごめんだ！」

そう思って頑張るが、道のりは果てしなく遠い。サバンナを突破するのですら困難だ。

これでタイムリミットが近ければまだマシだが、実際にはあと1時間も残っている。

「「「グォオオオオオオオ！」」」

全方位から敵が迫ってきた。逃げ場がない。

「俺に近づくな！」

刀を水平に寝かせて独楽のように回る。

怒濤の回転斬りで人型の徘徊者を一掃した。

「今だ！」

敵の輪から抜け出して走――。

「ぐぁ……！　なんだ!?」

左足に激痛が走った。

足下に目を向けると、犬型の徘徊者がいた。

こいつがアキレス腱を食いちぎったのだ。

「があああああああああああああ！」

あまりの痛みに転げ回る。

　そんな俺を見ても敵は容赦しない。

「「「グォオオオオオオオオオ！」」」

　大量の徘徊者が突っ込んでくる。

　俺は観念して抵抗を止めた。

「終わったな……」

　――否、終わらない。

　突然、何者かが敵を蹴散らしたのだ。

　俺に群がっていた大量の徘徊者が盛大に吹き飛ばされている。

「なんだ……？」

　顔を上げると、そこには――。

「だぁあああああああ！　間に合ったっすかぁ!?」

　知らない女がいた。

【頼もしきサイ使い】

突如として現れた謎の女。顎のラインで揃えたアッシュブルーの髪が特徴的で、ライト付きヘルメットを被り、右手にはピッケルを持っている。炭坑作業員を彷彿とさせる装備だが、着ているのは学生服だ。

女は何かに乗っていた。

（牛かイノシシ……いや、あれはサイだ）

体長4メートル級の大きな個体だ。手綱があるわけでもないのに乗りこなしている。

女は他にもペットを飼っていた。小動物が1匹、左肩にしがみついている。暗くてよく見えないため何かは分からない。

「とぉ！」

女はサイから飛び降り、俺にピッケルを向けた。

思ったより小柄だ。おそらく麻衣より4～5センチは小さい。子犬の牙みたいな可愛らしい八重歯が目を引いた。

サイは女を守ろうと周囲の徘徊者を蹴散らす。重量級の巨躯を軽快に動かしている。数十体の徘徊者が驚異的な速度で駆逐されていった。まさに一騎当千の強さだ。

「生きているっすかー!?」

「生きているよ、おかげさまで」

一刻も早く激痛を消したいので万能薬を飲む。

回復すると、ピッケルを掴んで立ち上がった。

「逃げるっすよ！　さぁ乗った乗った！」

「俺も乗って大丈夫なのか？」

「大丈夫っすよ！　ほら急いで！」

「あ、あぁ、分かった！」

女の後ろに乗る。

「タロウ、GO！」

サイが「ブゥ！」と吠えて走り出した。タロウとはサイの名前みたいだ。

「結構揺れるからしっかり掴まっているっすよぉ！」

「掴まるって、どこに!?」

「どこでもいっすよ！」

「なら失礼して……」

女の腹に両腕を回そうとする。

「フシャアアアア！」

女の肩に乗っている小動物が威嚇してきた。オコジョだ。

「大丈夫っすよ、コロク」

「キュッ」

コロクの表情が優しくなった。

「どうして一人で――」

「私は燈花(とうか)！　牛塚(うしづか)燈花！　1年！　先輩は誰っすかぁ？」

話すタイミングが被ってしまった。

ここは相手に合わせよう。自己紹介を先に済ませておきたい。

「俺は2年の漆田風斗だ」

「あー漆田先輩！　知っているっすよ！　グルチャの有名人！」

こうして話している間もサイが敵を倒している。流石は戦闘タイプのペットだ。毎日20万という高額の餌代を要求するだけあって頼もしい。

「燈花……って呼んでもいいのかな？」

「いっすよ！　先輩のことはなんとお呼びすれば!?」

「風斗でいいよ」

「了解っす！」

「それで、燈花はどうしてこんなところに？」

「栗原先輩の合同作戦があったじゃないっすか。私、あれに参加しようと思っていたんすよぉ！　なのに寝坊しちゃって！」

なはは、と笑う燈花。

「寝坊したのに拠点まで向かったのか」

「もしかしたら間に合うかも！　みたいな？」

「1～2分の遅刻じゃないんだから流石にきついだろ」

「それならそれでいっかなぁって！　タロウがいれば安全だし！」

「たしかに」

「それより先輩こそどうして一人だったんすか？」

「栗原が暴走したせいさ」

「暴走？」

「ああ。実は……」俺は事情を説明した。「で、奴の仲間も助けてくれなくてさ」

「酷すぎっすよ！　やばくないっすか!?　殺人っすよ！　殺人！」

「やばいよ、マジで。イカれてやがる」

「まさか私の仲間たちまで悪党に加担するなんて……。いや、もう仲間でもないっすね！　そんな非道な行いをする奴等は！　人間の所業じゃないっす！」

「仲間たち？」

「私の所属していたギルドの皆っす！　少し前に栗原先輩のギルドと合流したっす！　でも、私はタロウとコロクの餌代を稼ぐ必要があったし、この子たちを連れていくのは難しいかなって！」

「なるほど。じゃあ燈花は今、ソロギルドのマスターをしているのか？」

「そうっす！　あ、着いたっすよー！　私の拠点に！」

燈花の拠点は森の中にあった。

見た目は俺たちの拠点と同じような小さい洞窟だ。

「タロウ、そのまま入っちゃってー！」

「ブゥ！」

タロウは高めの声で鳴き、洞窟に突っ込んだ。

防壁を抜ける時、俺は思わず身構えた。栗原の拠点みたいに弾かれたらどうしようかと。

しかし、そんなことにはならなかった。

「ここが私のマイホームっす！　なんとびっくりワンルーム！」

通路を少し進むと大広間に着いた。おそらく30帖以上ある。ワンルームというよりぶち抜きのワンフロアだ。

隅のほうに扉が二つ。トイレと浴室に繋がっているとのこと。

家具は少なめだ。大きめのハンガーラックと棚がいくつかあるのみ。

寝具は一番安いベッドが6床。その内4床は骨組みしかない。マットレスや掛け布団はペットの寝床にあてがわれていた。

残った2床の内どちらが燈花のベッドかは一目で分かる。近くに家具があり、掛け布団がぐちゃぐちゃになっているからだ。それにタロウの寝床がすぐ傍にある。

「余っているベッドを使ってくれていいっすよー」

「助かる」

燈花は自らのベッドに腰を下ろした。傍にピッケルを寝かせてローファーを脱ぐ。

タロウは寝床に伏せて、コロクは燈花の枕に飛び移った。

「徘徊者戦はまだ続いているのに大丈夫なのか？」

「大丈夫っすよ！　休憩が済んだらタロウが頑張るから！」

「ブゥ！」

タロウは重い腰を上げると餌を召喚した。外の様子など知らぬとばかりにむしゃむしゃ食べている。それが終わると勝手に出ていった。

「放任主義なのはいいけどタロウは怪我しないのか？」

「風斗は心配性っすよ！　サイの皮膚ってすんごい分厚いんで、ザコの攻撃じゃビクともしないっす！」

「そうなのか。サイがいれば防壁を強化しなくていいかもしれないな」

「だからこの拠点の防壁は全然っすもん！」

燈花は防壁のステータスを見せてくれた。

【ＨＰ】２７５，０００

【防御力】2

たしかに全く強化されていない。これで耐えられるのだからサイの力は偉大だ。

俺もサイを飼いたくなってきた。

（麻衣に飼わせるか？　ペットを欲しがっていたし）

いや、それよりも――。

「燈花、俺たちのギルドに入らないか？　そっちがよければの話だが」

無理を承知で勧誘してみる。

燈花とは上手くやっていける気がした。相手が一人というのも、徐々に人数を増やしたいウチとしては都合がいい。

対する彼女の返事は――。

「いっすよー！」

なんと承諾だった。それも即答だ。

「ただし条件があるっすー」

「条件？」

「私は集団行動が苦手だし、束縛されるのも好きじゃないっす！　だから基本的には自由に行動させてほしいっす！」

「かまわないよ。最初にウチでやっている漁の仕方を教えるけど、それ以外は好きにしてくれて問題ない。脱退金もないし、合わないと思ったら自由に抜けてくれ」

「ならオッケーっす！　いやぁ、まさか風斗のギルドに誘われるなんて。やったね、コロク！」

「キュッ！」

「あ、でも、他の人は大丈夫っすか？　私が入っても！」

「問題ないと思うが……訊いておくか、念のために」

「そのほうがいっすよ！」

俺はチャットを開いた。癖で学校全体のグループチャットを確認してしまう。

栗原が俺に関する嘘を吐いていた。漆田は逃げる途中で徘徊者にやられて死んだ、と。

彼のギルドメンバーが次々に自分も目撃したと続いている。

どうやら俺が無事だと知らないようだ。少し離れていたし、連中の拠点からだと見えなかったのだろう。

「燈花、ちょっと待ってくれ」

「難色を示されたっすか？」

「いや、そうじゃない。グルチャを見れば分かる」

燈花はスマホをポチポチしたあと眉をひそめた。

「こりゃ酷い嘘っすねー！」

「少し懲らしめてやるか」

俺は「生きているぞ」と発言。皆がざわついたところで真相を話した。

「援護射撃っすよー！」

燈花が「漆田先輩の言っていることは本当だよー」と発言。

これが決定打となり、栗原のギルドに批難が集中した。

徘徊者戦の最中とは思えない速度でログが流れていく。

「栗原ギルド、大炎上っすねー！」

「ざまぁみろって話だ！」

多少はスカッとした。

さて、仲間たちに燈花を入れていいか訊くとしよう。

俺はギルド専用のグループチャットを開いた。文字を打つのが面倒なので通話を使う。

トゥルルル……！

ポンッと音が鳴り、3人が同時に応答した。

「実はメンバーに入れたい人が――」

『バカ野郎！　生きてたら連絡しろアホ！　殺すぞボケ！』

麻衣の怒声が耳に響く。スピーカーモードかと思うほどの音量だ。耳がキーンとなった。

「大人気っすね！　風斗！」

燈花がクスクス笑っている。

その間も麻衣はギャーギャー喚いていた。

俺はスピーカーモードに切り替え、彼女の言葉に耳を傾ける。声が大きすぎて今ひとつ何を言っているのか分からなかったが、とにかく心配させてしまったようだ。

『だからぁ！　さっきも言ったけどぉ！　これから……』

麻衣の言葉が途切れる。誰かが止めたのだろう。

『風斗君、無事で何よりです』

『心配した』

美咲と由香里の声だ。

「すまん、色々とあってな」

『グループチャットを見ました。今は牛塚さんと一緒ですか？』

「燈花でいっすよぉ、美咲先生！」

『分かりました。私のことも美咲と呼んで下さい』

「了解っすー！」

「グルチャを見ているなら話が早い。燈花をギルドに入れたいんだ。助けてもらった恩があるし、何より彼女のサイは異常に強い！　最高の人材だよ」

『サイ!?　いいじゃん！　見たい見たい！』と麻衣。

「タロウって言うっす！　可愛いっすよー！」

「タロウの話はさておき、ギルドに入れてもいいよな？」

『いいに決まってるっしょ！　早く連れてきて！』

『私も大歓迎です』
『麻衣を捨てて燈花を入れよう』
『なんで私を捨てるんだー！』
満場一致で燈花の加入が決まった。

【拠点の仕様】

燈花の加入決定と時を同じくして徘徊者戦が終わった。

サイのタロウが威風堂々とした足取りで戻ってくる。本当に無傷だった。

「あ、そうだ！　加入の前に私のステータスをお見せするっす！」

燈花が「これ！」とスマホを渡してきた。

【名　前】牛塚 燈花
【スキル】
・狩人：3
・料理人：6
・細工師：2
・戦士：4
・調教師：14

俺も自分のステータスを表示して彼女に見せる。

【名　前】漆田 風斗
【スキル】
・狩人：9
・漁師：10
・細工師：10
・戦士：10
・料理人：1

「風斗のスキルレベルすごいっすね！　9、10、10、10、1とか綺麗に並びすぎっすよ！　レベル10の追加効果を目指して満遍なく上げている感じっすか？」

「いや、たまたまそうなっただけだ。燈花のほうは【調教師】が異様に高いな。反面、【狩人】や【戦士】は低いように見える」

「ペットが敵を倒すと【調教師】のレベルが上がるからっすね！」

「ペットの場合は【狩人】と【戦士】に分かれないのか。それなら自分で戦うよりも――」

「ペットに戦わせたほうがいいじゃん、と思うっすよね？　でもそうはいかないっすよ」

「どうしてだ？」

「ペットが敵を倒した際に得られるポイントって、自分で倒した時の半分しかないっす」

「なるほど」

「私はヘッポコなんでタロウに頼りきりっすけどー」

燈花が「にゃはは」と笑う。可愛らしい八重歯が見えた。

「じゃ、ギルドを解散するっすねー！」

「おう……じゃない。待て！　待て待て待て待て！」

俺は慌てて止めた。

「どうしたっすか？」

「今解散したらこの拠点が放棄されてしまう」

「あっ……」

この場所はギルドの所有物になっている。解散する前に所有権を移す必要があった。

「今知ったんすけど、所有権をギルドから個人へ移すには過半数のメンバーに同意してもらう必要があるみたいっすよ。風斗、知っていたっすか？」

「いや、知らなかった」

「このギルドは私しかいないので私が承諾すれば完了っす！」

燈花は拠点の所有権を自分に移してギルドを解散。

晴れて我がギルドの一員になった。

「改めてよろしくな」

「よろしくっす！」

「じゃ、シャワーを浴びて寝るとするか」

「了解っす！　あ、でもでも、その前に！」

「ん？」

「拠点の所有権を風斗のギルドに移すっすね！」

「いいのか？」

「問題ないっすよ！　ギルドの所有物なら維持費を負担しなくて済むっす！」

「維持費はギルドの金庫から勝手に取ってくれていいが……。ま、拠点はいくつあっても困らないしいただくとしよう。サンキューな」

「ラジャ！」

　こうして我がギルドの拠点が二つになる——はずだった。

「燈花、質問していいか？」

「どうしたっすか？」

「この拠点の維持費はいくらだった？」

「1万っすよ？　どこも同じじゃないっすか？」

「だよな……」

「どうかしたんすか？」

「ウチの所有物だと、ここの維持費は10万になるようだ」

「ギョエー！　ぼったくりじゃないっすか！　どうしてっすか⁉」

「所有する拠点の数によって維持費が変わるのだろう。一つ目は1万、二つ目は10万みたいに」

推測ではあるが、おそらくそう考えて間違いないだろう。

ただ、この仕様だと引っかかる点があった。

栗原の拠点だ。

サバンナにある奴の拠点は二つの洞窟が並んだもの。維持費は2万だと言っていた。

「風斗、お風呂は先に入るっすか？」

「いや、燈花が先でいいよ。ひとまず拠点の所有権は燈花に戻しておく。そうすればここの維持費も1万で済むからな」

「了解っす！　仕様の抜け穴を見つけるとは賢い！　流石は風斗っす！」

「それほどでもないさ」

過半数の賛成によって拠点の所有権が燈花に戻った。

「じゃ、ゆっくり風呂を満喫してきてくれ」

「了解っす！　タロウ、コロク、行くよー」

「ブゥ！」「キュッ！」

ペットを連れて浴室へ向かう燈花。

俺はギルド用のグループチャットで美咲に尋ねた。栗原が拠点を獲得した時のことを教えてくれ、と。どうして維持費が2万で済んでいるのか気になったからだ。

幸いにも美咲は起きていて、すぐに返事が届いた。

「なるほど、そういうことだったのか」

理由が分かった。緊急クエストが一度しか発生していなかったのだ。

つまり、一度のクリアで二つの洞窟を獲得したということ。二つセットで一つの拠点として扱われているわけだ。そのため防壁のステータスも共有されている。

「まだまだ知らない仕様がたくさんあるな」

岩肌の地面を見つめながら今後について考えた。

◇

「おーい、風斗ー、起きるっすよー」

朝、目を覚ますと――。

「おはよ……うおっ⁉」

「なはは、なんすかーその反応は！」

――エプロン姿の燈花が俺に跨がっていた。

「何やってんだ⁉」

「風斗が起きないから起こしてあげたんじゃないっすかー」

燈花は跨がったまま指で「えいっえいっ」と俺の頰を突く。それだけでは飽き足らず、犬のようにチロチロと首を舐めてきた。

「やめっ、やめろ!」

「これで起きたっすね?」

「あ、ああ、起きたよ! ばっちり起きた!」

過度な接触によって別の部分も起きたが、その点は黙っておいた。

燈花は「よろしい!」とベッドから降り、傍にいたタロウに乗る。

タロウの上で休んでいたコロクは、すかさず彼女の肩に移動した。

「もうすぐ朝ご飯ができるっすよー」

「それで起こしてくれたんだな、ありがとう」

「いえいえ! 外で待ってるっすねー」

燈花の合図でタロウが歩き始めた。なんだか眠そうだ。

「朝は苦手と言っていたが……俺より早起きじゃねぇか」

燈花の後ろ姿を目で追いながら、洞窟内に充満する香りを嗅ぐ。

どうやら朝ご飯はビーフシチューのようだ。

「それにしても大きいな、1週間分くらいあるんじゃないか?」

洞窟のすぐ外で調理する燈花を見て思った。

煮込むのに使っている寸胴鍋が大きすぎる。あのサイズはどう見ても業務用だ。

「いつもと違う拠点で過ごすのは不思議な感覚だな」

ベッドから出て、掛け布団を丁寧に畳む。

目やにのついた顔で拠点の外へ向かう。

通路に蛇口があった。

「ふっ、この辺りにお試しで蛇口を付けるのはどこも同じか」

蛇口の水で顔を洗い、改めて燈花に挨拶した。

「あ、グルチャを見た方がいいっすよ！」

「どのグルチャだ？」

「学校全体のやつっす！」

「了解」

さっそく確認してみたところ、大量のログがこれでもかと流れていた。

それでも、燈花の言いたいことはすぐに分かった。

栗原が俺に謝罪していたのだ。ギルドの代表として、昨日しでかした殺人未遂について謝っている。あと殺人未遂の後に行った偽情報による隠蔽工作の件も。

『人として最低のことをした。言い訳のしようもない。俺が悪かった』

あの栗原が自らの非を認めている。

愕然とした後、そこに至った経緯を見て呆れた。

栗原が謝罪する直前まで、彼のギルドは炎上していたのだ。人殺し、殺人者、クソ野郎、人でなし、ゴミ、クズ、等々。もはやサンドバッグ状態だった。

耐えかねた栗原が「文句があるなら直接言え、会いに行ってやる」と発言。これでチャットが静まった数分後、唐突に謝罪文を投稿したのだ。

奴が「炎上したから謝っておくか」程度にしか思っていないことは明白だった。

「ま、衆目の中で『ごめんなさい』が言えただけよしとしてやるか」

俺は謝罪を受け入れることにした。ただし、「二度と協力しない」ということも明言しておく。これで今後、栗原や彼のギルドと距離を置くことができる。

俺の対応について、知らない男子が「器が大きい」と評価した。次に別の誰かが拍手のスタンプを送信。これを皮切りに拍手やら何やらのスタンプが乱舞した。

『漆田ってどうしてそんなに優しいんだ』

『俺なら死ぬまで許せないと思う！』

『漆田先輩、カッコイイ！』

よく分からないが、とにかく俺は賞賛されまくっている。十分に過大すぎる俺の評価がますます高まってしまったようだ。

「栗原は歯ぎしりする思いで見ていそうだな」

これで栗原が反省したらいいが、それは難しいだろう。

反省するにしても、それは俺を仕留め損なったことについてだ。

「今後は関わらないしどうでもいいか」

俺は朝ご飯に集中した。

【合同作戦の後】

燈花のシチューは具だくさんで美味しかった。レベルは普通に上手……麻衣と同じくらいだと思う。他の料理も食べてみたい。

それはさておき、案の定、俺と燈花だけでは食べきれなかった。

だが問題なかった。余った分はサイのタロウがペロリと平らげたのだ。最初からそれを見越しての量だった。

食事が済み、現在、俺たちは移動の真っ最中だ。俺は汗水を垂らしてマウンテンバイクを漕ぎ、燈花は涼しい顔でタロウに乗っている。

コロクはタロウの角にしがみついて辺りをチラチラ。燈花曰くレーダーのように周辺を探っているらしい。只のマスコットではなく立派な探索タイプだ。

「もうすぐ着くぞー」

「案外近くにいたんすねー！」

「近いと言うが片道2時間近い距離だからそれなりだぞ」

12時を過ぎたところで拠点に到着した。

半日しか離れていなかったのに久しく感じる。

実家のような安心感があった。

◇

麻衣たちは拠点にいた。昼食の時間なので戻っていたのだろう。拠点の外で軽く話した後、皆でダイニングへ移動した。

今まで広く感じていたダイニングだが、流石に5人と2頭と1匹と1羽が一堂に会するとそうもいかない。窮屈だからいずれ拡張しよう。

「まずは改めて自己紹介だ」

俺たちはテーブルを囲み、順々に名前や適当な一言を述べた。先に俺や麻衣など既存のメンバーから話し、最後に燈花が話す。

「――で、この子はサイのタロウ！　こっちはオコジョのコロクっす！」

「おお！　タロォ！」

麻衣はタロウに抱きついて頬ずり。

タロウは高い声で「ブゥ」と鳴いた。

「わお、怒らせちゃった？」

「大丈夫！　高音の『ブゥ』は喜んでいる証拠っす！」

「ほんとに？　よかったー！」

麻衣がタロウにベタベタ触れる一方、由香里はコロクに夢中だ。机の上で体をビヨーンと伸ばして二足立ちしているコロクの鼻を人差し指で撫でている。

幸せそうに微笑む彼女を見て、コロクも嬉しそうな表情を浮かべた。

タロウやコロクの飼い主である燈花はというと、ハヤブサのルーシーと触れあっていた。

ルーシーは彼女の肩で大人しくしている。

「ルーシーの爪、全然肩に食い込まないっす！　すごいっすねー！」

「うん、ルーシーは賢いから」

しばらくの間、新たな仲間たちとの団らんが続いた。

俺は美咲と雑談して過ごし、皆が落ち着いてから今後の方針を話した。

「防壁についてだが、今後も変わらず毎日3回の強化を続けていく」

「えー、どうしてっすか？　タロウがいるのに！」

「そーだよ！　タロウってすごく強いんでしょ？」と麻衣。

タロウは俺に向かって「ブゥ」と鳴く。やや低めの音だ。何となく「俺を信用していないのか？　戦いなら俺に任せろよ」と言っているように感じた。

「たしかにタロウは強い。だからといって依存したくないんだ。タロウがいなくても守り切れる状態にしておきたい。タロウだけ毎日働かせるのは酷だしな」

「でもポイントは大丈夫なの？　タロウって戦闘タイプなんでしょ？　餌代がものすごい

んじゃ？　コロクもいるし！」

「タロウの餌代は20万だ。ちなみにコロクは1，000pt」

「なーんだ、思ったより高くないね！　てかコロク安ッ！」

「餌代は問題ないっすよ！　この子たちは自分で稼げるので！」

燈花によると、タロウとコロクはコンビで動くらしい。面白いことにセットで作業させると効率が上がるそうだ。タロウは単体だと魔物を見つけるのに手間取るので、その点をコロクの索敵能力でカバーするという。相乗効果というやつだ。

「前までは私も働く必要があったっすけど、今は【調教師】のレベルが上がったので何もしなくても黒字っす！」

「なら燈花には狩り以外の作業をしてもらうか。できれば相棒効果を狙いたいし誰かとセットで動いてもらえると助かるが……」

燈花の「束縛は嫌」という言葉を思い出した。

「了解っす！　なんだってやるっす！」

「いいのか？　自由に行動したいとのことだったが」

「大丈夫っすよ！　一人がいい時はそう言うので！」

「分かった」

「ねね、燈花、【調教師】の追加効果ってどんなの？」

麻衣が尋ねた。

「ペットの行動範囲が拡大されるっす！」

「行動範囲？　レベルが低いと制限があるの？」

「飼い主が一緒なら問題ないっすよー」

「あー、飼い主から離れて行動できる距離が拡がるってことね！」

「そうっす！　分かりにくいっすよねー」

「で、実際はどう？　行動範囲が拡大されると結構違うもの？」

「体感で『おっ』と思う程度には違うっすよー！　でも劇的に変わるわけじゃないし、他のスキルに比べたら微妙かも！」

聞いている限りだと微妙そうだ。ハズレ度合いで言えば現時点で第2位ってところか。

余談だが、第1位はぶっちぎりで【料理人】だ。効果は食材を半額で買えるだけ。大人数のギルドだと便利かもしれないのだが、少人数のウチでは大して役に立たない。

「徘徊者と言えば、例のボスはどうなの？　ヤバいって話だけど」

麻衣が話を振ってきた。

「詳しいことはまだ話していなかったな。といっても、話すことは特にないけど。ボスの性能はグルチャに載っている通りで、それ以上でもそれ以下でもないよ」

グループチャットには、体育会系の連中によってボスの詳細が書かれていた。

「ただ、合同作戦の死者数は参考にならんな」

28人——それが合同作戦での死者数だ。

その全てが第三グループのメンバーだった。約40人中の28人死亡なので、第三グループは事実上の壊滅だ。生き残った連中は合流して一つのギルドになった。

「合同作戦は風斗君が想像していたよりも酷い結果でしたね」

「だなぁ」

グループチャットは現在進行形で荒れている。第一、第二、第三が互いに批難し合っているのだ。

第三の連中は栗原に憤っている。殺害予告を匂わせている者までいる始末だ。多少だが五十嵐ら第二に対しても文句を言っていた。

栗原は第三の怒りを「筋違い」と断言。五十嵐たち第二が勝手に撤退したせいで悲劇が起きたと主張している。第二が歩調を合わせていれば犠牲は出なかった、と。

第二の連中はこれに反発。栗原の判断が遅かったせいというのが彼らの主張だ。また、第三の壊滅についても「自己責任」と言い切っていた。

この醜い争いに対する外野の反応もまた醜い。どういうわけか焚き付ける者が一定数いるのだ。さも当事者かのように誰かしらを批難している。

そんな醜い争いの中、検証班がボソッと脱出計画の失敗を報告した。ただ失敗しただけでなく、何の手がかりも掴めないという完全な失敗だ。

しかし、この報告に対する反応は薄かった。

皆の関心事は、貴重な脱出関連よりも栗原たちの不毛な言い合いにある。芸能人の不倫ネタで親の仇のように騒ぐのは彼らのような人間なのだろう。

今のグループチャットは見る価値がなかった。

「ボスの強さ、風斗の想定を超えているよねこれ」

「たしかに想像を絶する強さだった」

「ならやっぱりボスを倒すのってきつくない？　てか無理っしょ」

美咲が「ですね」と同意する。由香里と燈花も頷いた。

「きついとは思うが、一つだけ作戦がある」

「「「――!?」」」

「ペットを使う作戦でな、最初は自信がなかった。だが、タロウの強さを見て確信した。戦闘タイプのペットがいれば俺たちでもボスを倒せるかもしれない」

「倒せるかもって、それマジ!?」

「少なくとも馬から引きずり下ろすことはできるはずだ」

「すげー！」

「ただ、この作戦には大金が必要だ」

「大金ってどのくらい？」

「最低２００万」

「２００万!?」

麻衣が机を叩いて立ち上がった。驚きのあまり叩いただけで、別に怒っているわけではない。

「最低でな。できればその倍は欲しい」

「すると400万⁉　そんなに使って何をするの⁉」

俺は不敵な笑みを浮かべ、「それはだな……」と、脳内に描いている作戦を説明した。

「――とまぁ、こんな感じでいけるんじゃないかと思うわけだ」

俺が話し終えた時、皆は口をあんぐりと開けていた。

「相変わらずぶっとんでいるなぁ……」

「ふふ、風斗君らしいですね」

「やっぱり風斗はすごい」

「やべーっす！　風斗の発想、面白過ぎっす！」

「急で悪いが、異論がなければこれから全力でポイントを稼ごう。今日の徘徊者戦でこの作戦を決行したい」

「「「今日⁉」」」

麻衣が「いやいやいやいやいや」と顔の前で右手を振る。

「流石に早すぎっしょ！　合同作戦で大変だったんだし一日くらい休んだほうがいいでしょ！　ポイントだって全然ないよ！」

「いや、やるなら早いほうがいい。徘徊者は日に日に強化されている。今はノーマルタイプのザコとバリスタ兵だけだが、今後はバリエーションが増えてますます厄介になるかもしれないしな」

「そうだけど、ポイントはどうするのさ」

「問題ないだろう。現時点で200万ある。餌代の40万を差し引いても160万だ。今日の金策が終われば餌代抜きで200万以上になっている」

「じゃあさ、ボスの位置は分かるの？〈スポ軍〉がいないのに」

〈スポ軍〉とは五十嵐が率いる体育会系ギルドの名前だ。スポーツ軍団の略称とのこと。個人的には「アスリート軍団」や「アスリート集団」のほうが適していると思う。

「大丈夫だ。昨日の戦いで【戦士】のレベルが10になったからな」

「ぐぬぬ、もう突っ込むところがない……！」

「麻衣は反対なのか？」

「反対なんじゃなくて風斗が心配なのよ。ちょっと頑張り過ぎじゃない？」

「私も麻衣さんと同意見です。風斗君と燈花さんは合同作戦に参加していたのですから、今日は休まれたほうがよろしいのではないでしょうか？」

「私は平気っすよ！　遅刻したせいで風斗の救出以外は何もしてないし！」

「気遣いはありがたいけど俺も平気だ。燈花の拠点で十分に寝たし、コクーンで買った強壮薬を飲んだから疲れも吹き飛んだ」

「そうですか……」

「心配をかけて悪いが、この戦いが終わったら休むから許してくれ」

「分かりました」

俺は手を叩いて話をまとめた。

「改めて言うが、作戦自体に異論がないなら決行したい。どうだろう？」

４人から異論は出なかった。

「決まりだ。日中は全力で金策。夕食後に何時間か寝て、今夜決行するぞ！」

皆は「おー！」と拳を突き上げた。

【代償を伴う作戦】

昼食後、さっそく金策に動き出した。

美咲と麻衣は料理に励み、由香里はルーシーと狩りへ。

タロウとコロクもコンビで狩りに出かけ、ジョーイは単独でアイテム探し。

俺は燈花を連れて川に来ていた。

「普段ならこの後はひたすらペットボトルトラップを量産するんだけど、今日は移動しよう」

「どうしてっすか？」

「少し下ったところに魚群がいるからさ」

俺の〈地図〉には魚群が表示されている。【漁師】の追加効果によるものだ。

「この辺でも結構多いのにもっと多くなるんすねー」

「にわかには信じられないがそのようだ」

燈花と共に下流へ進む。

「ここだ」

足を止めて川を見るが……。

「よく分からないっすねー？」

「俺も思った」

一見するとこれまでと変わらない。とても魚群がいるようには見えなかった。

「とりあえず試してみよう」

適当な岩を設置し、それをハンマーでぶっ叩く。

いつも通り失神した魚がプカプカ浮かんだ。

「おお！　すげー数だ！」

「大漁っす！」

川面（かわも）が魚で埋め尽くされてしまった。

魚群探知の効果は伊達（だて）ではないようだ。

「急げ燈花！　流される前に全部捕るぞ！」

「了解っす！　えいやーっ！」

たも網を振り回して川魚を捕獲していく。

慣れとは不思議なもので、毒々しい色の魚を見ても気持ち悪いと感じなかった。むしろ「この色合いが普通」とすら思える。日本に戻ったら魚屋へ行くだけで感泣しそうだ。

「よーし、1回目の作業終了！」

「ふぅー」

川のど真ん中に設置した岩に座る。〈履歴〉でポイントを確認した。

「見ろよこれ、やべーぞ！」

「うわっ！　すごい額っす！　さっきと大違いっすね！」

「魚群パワー、恐るべしだな」

これまでの2倍を超える稼ぎだった。

「漁だけで200万くらい貯められるんじゃないっすか!?」

「うーん……ここでひたすら石打漁ができるならいいが、そう上手くいかないからな」

「どうしてっすか？」

「一定時間を空けないと稼げない仕様なんだ」

何度も石打漁をしたいなら、その都度移動する必要があった。

「なら次の魚群に行くっすか！」

「おう！　疲れすぎない程度に動き回って稼ぎまくるぜ！」

徘徊者戦に備えて長めに休憩を取りつつ漁を続行する。

魚群探知のおかげで、この日の稼ぎは過去最高だった。

皆の稼ぎを合わせると、所持ポイントは約460万になった。

今日だけで200万以上も稼いだわけだ。餌代を差し引いても400万を超える。

これだけのポイントがあれば、つつがなく作戦を決行できるだろう。


時は流れて、徘徊者戦の直前――。


深夜1時40分頃、俺たちはダイニングに集まっていた。

「ギルド用のグルチャを見てくれ。ボスのいる草原の座標を送っておいた」

「了解！〈地図〉に登録しておいたよー！」と麻衣。

「今日も同じところに出てくるのでしょうか？」

美咲の問いに「おそらく」と返す。

「さっき五十嵐に確認したが、いつも同じ場所に現れているらしい。今日に限って別の場所に出るとは考えにくい」

もっとも、別の場所に出ようと問題ない。〈地図〉を使って捕捉できる。

「場所が分かっているなら現地で待ち構えたほうがいいんじゃない？」

「麻衣に賛成」

「珍しく意見が合ったね！　由香里！」

「残念だけどね」

「残念って言うなし！」

「なはは、二人は仲良しっすねー！」

燈花が手を叩いて笑う。早くも馴染んでいた。

「現地で待ち構えるのは危険だから却下だ」

「どうしてさ？」

「拠点の傍じゃないと雑魚に不意打ちされかねない。いきなり真後ろに大量の雑魚が出てきて……なんて事態になったら最悪だ」

「でも今回は仲間がたくさんいるじゃん！　問題ないっしょ！」

「たしかに大丈夫だとは思うが、仮に大丈夫でも望ましくない。理由は二つある」

「二つも？」

「ああ」

俺は右の人差し指を立てた。

「一つ目は、一発勝負の新戦術だから雑魚で試したい。ボスへ向かう道中の雑魚を練習台にする。そこで思ったような戦果が期待できなければ中止だ」

「あーね」

「もう一つはボスに負けた時……つまり、作戦が失敗した場合を想定している。ボスとの戦いは間違いなく短期決戦だ。勝つにしろ負けるにしろ持久戦にはならない。であれば、失敗した時の残り時間は可能な限り少ないほうがいい」

「なるほどねぇ」

美咲の手元に目を向けると、スマホを操作する指が止まっていた。〈地図〉に座標を登録し終えたのだろう。

「準備は済んだな？　作戦を始めよう」

一斉に立ち上がり、拠点の外へ向かう。

外に出たら〈ショップ〉を開き、ペットカテゴリを見た。

本体代は基本的に10万で、オコジョなどの小動物は1万。

「本当にいいの？　これでボスを倒しても意味がなかったら……」

いざペットを購入しようとしたところで麻衣が尋ねてきた。

「代償が大きいことは分かっているさ。その割にリターンが不明瞭なことも。だが、相手はこの島に1体しかいないゼネラルタイプ。いわば徘徊者の親玉的な存在だ。倒せば何かが起きる可能性は大いにある。それに賭けるさ」

俺は稼いだ420万で、ある動物を爆買いした。

その動物とは――ライオンだ。

数は42頭。全て成獣だ。性別は半々だった。

「「「ガルルォオオオオオ！」」」

ライオンの咆哮が静かな森に響く。

こちらまで萎縮してしまいそうな迫力だ。

サイのタロウですら怯んでいた。

「これだけの数のライオンが目の前にいる衝撃ヤバッ！」

麻衣はいち早く順応し、記念撮影を始めた。

美咲と由香里は「すごい……」とだけ呟いて固まっている。

燈花は「ほっへぇー！」と感動していた。

「購入できる数に上限がないか不安だったが問題なかったな」

ライオンの強さは知られている。百獣の王と呼ばれるくらいだ。しかし、ライオンは決して最強ではない。

純粋な戦闘力でいえばゾウに軍配が上がるだろう。地球だとライオンよりアフリカゾウのほうが強い。

それが分かっていた上でライオンを選んだ。

理由はいくつかあるが、一番は機動力だ。ゾウの鈍重な動きではボスの火の玉を避けられない気がした。それに加えて、強い獣と言って最初に連想したのがライオンだった。

ライオンの餌代は1頭につき500万Pt。サイの25倍であり、ぶっちぎりで最高額だ。

今の俺たちでは1頭すらまともに飼えない。間違いなく強い。

そんなヤベー奴が42頭もいる。

これが俺の作戦――名付けて〈踏み倒しアニマル軍〉だ。

42頭を維持するのに必要なポイントは2億1，000万。もちろん払えない。

よって、今日の12時に俺は破産するだろう。そうなるとライオンたちは消え、俺はペットの購入権利を失ってしまう。

だが、それまでは俺が最強だ。この頼もしいライオン軍団で無双できる。百獣の王を大量に率いる一晩限りの王だ。

「人間5人に美咲たちのペット、さらに助っ人のライオン42頭――まさに総力戦だな」

「それだけじゃない」

由香里がスマホを取り出し、何やら操作すると――。

「キュイー!」

「グォォォ!」

突如、彼女の背後に15体の魔物が現れた。角ウサギやボアライダーを始め、見たことのないタイプもいる。

「なんだこの魔物たちは!?」

「私が召喚した」

「召喚だと!?」

「【狩人】のレベルが20になって、その力で」

新たな効果が追加されたらしい。

24時間以内に倒した魔物を召喚できるそうだ。ただしクエスト対象――例えばリヴァイアサンは召喚できない。効果時間は4時間とのこと。

「こいつらって徘徊者戦が始まっても消えないのか?」

普通の魔物は徘徊者戦になると姿を消す。だから深夜2時～4時のサバンナは閑散としていた。

「分からない。消えたらごめん」

「かまわないさ」

時刻が1時59分から2時00分に変わる。

空気の味が変わり、コクーンのアイコンが真っ赤に染まった。

「私の召喚した魔物、消えなかったよ」

「最大戦力で臨めるな。さぁ終わらせに行くぞ！」

俺は迫り来る徘徊者を指しながらライオンの群れに命じる。

「敵を根絶やしにしろ」

絶対王者による〝狩り〟の始まりだ。

【百獣の王】

俺の仕事は一つ――ただ一言、こう命令するだけで済んだ。

「やれ」

「「ガルルァ！」」

あとはライオンたちが蹴散らしてくれる。

引っ掻き、咬みつき、食い散らかしていく。

徘徊者に為す術はない。視界に入った直後には消えていた。

「すごっ！　私らの出番ないじゃん！」

「完璧だ、非の打ち所がない」

俺はただ歩き続けていた。ポケットに手を突っ込み、目的地に向かって悠然と。

「これならマウンテンバイクに乗れそうだな」

移動手段を徒歩から自転車に切り替える。

燈花は相変わらずタロウに乗っていた。

「いいなー、私もサイに乗りたい！」と麻衣。

「今度二人乗りしよーっす！」

時間に余裕があるため安全重視でゆるっと進む。

ライオンは俺たちの周囲に展開し、連携して戦っていた。

「成獣だけで形成されたプライドに守られるなんて極上の贅沢だな」

「プライドとは何でしょうか？」

隣を走る美咲がチラリと俺を見た。

「群れのことさ。サバンナに生息するライオンは、成獣のオス数頭がメスや幼獣を率いて活動しているんだ。この集団をプライドって呼ぶ」

余談だが、森で活動するライオンは単独行動が多く、プライドを形成することは殆どない。

「知りませんでした。風斗君は物知りですね」

「たまたま知っていただけだよ」

「またまた、ご謙遜を」

俺は周辺を窺ってから「よし」と右手を挙げた。

「ここらで休憩しよう」

ボスのいる草原まで残り数百メートルの地点でストップ。

「どうしたの？　このまま一気に行っちゃおうよ」と麻衣。

「いや、ライオンの体力を回復させておきたい」

ライオンは持久力が低い。全力で走るとすぐにバテてしまう。

「そういうことなら！　風斗ー、ボス戦に備えて強壮薬飲んどけぃ！」

麻衣が「ほらよ！」と薬を渡してきた。否、投げつけてきた。

「お、サンキュー」

強壮薬を飲むと体が熱くなった。高麗人参入りの栄養ドリンクを飲んだ時のように。同時に疲れが吹っ飛んだ。

一瞬で効果が分かるのはありがたいけれど、あまりにも即効性が高すぎて怖くなる。

これだけの効き目で副作用が一切ない——信じられない話だ。

「「グォオオオオオオオオオ！」」

休んでいる間にも徘徊者は襲ってくる。だが何も問題ない。

周囲に伏せているライオンが処理した。ペチッと前肢で払っておしまいだ。その場から動くまでもない。あまりにも強すぎる。

「頼もしいですね」

美咲はジョーイを撫でながら戦闘を眺めている。

他の女子もペットと戯れていた。

しかし、誰一人としてライオンには触れない。俺もそうだ。可能な限り顔も見ないようにしていた。怖かったり嫌っていたりしているわけではない。

数時間後にお別れの時が来るから距離を置いているのだ。あくまで戦闘の道具として見るようにしている。そうしなければ、別れの際に悲しくなってしまう。

今さらではあるが、ライオンたちに申し訳ないと思った。

「休憩は終わりだ。ボスを仕留めにいこう」

時刻が3時00分になると同時に進軍を再開。ここからは徒歩で向かう。

「もうじきボスだ。火の玉には気をつけろよ」

「「ガルォオオオオオ！」」

大地を揺るがす咆哮で応えるライオンたち。

そして——目的地の草原に到着した。

「作戦は事前に説明した通りだ。俺はライオンを率いてボスに突っ込む。皆は雑魚を頼む」

「やっぱり私も同行する。風斗だけだと危険」

ここまで無言だった由香里が口を開いた。

「気持ちはありがたいがダメだ。みんなを守ってくれ。万が一ライオンが全滅した場合、由香里の魔物が役に立つはずだ」

彼女の召喚した魔物は今のところ何もしていない。ライオンの独擅場だからだ。

「……分かった」唇を尖らせつつも由香里は承諾。

「燈花も頼むぞ。雑魚戦ではタロウが一番の火力になる」

「了解っす！」

「行くぞ！　突撃だ！」

俺たちは武器を握り草原に突っ込んだ。

草むらに足を踏み入れて間もなく火の玉が飛んできた——が、問題なく回避。

「雑魚と戦っている時もボスの警戒を怠るなよ！　火の玉がいつ来るか分からないからな！」

「「了解！」」

大量の雑魚を仲間に任せ、俺はライオンたちと進む。

「連携して死角を突け！　深入りしすぎるなよ！　命を大事にしろ！」

「「ガルルァ！」」

いよいよボス戦だ。

まずはライオンたちが仕掛けた。

対するボスの動きは前回と同じだ。馬のタックルと槍による刺突のコンビネーション。

だが、どちらもライオンには通用しない。狙われた個体は巧みに攻撃を回避し、他が隙を突いて攻撃。俺の指示に従い安全第一で戦っている。

「いいぞ、その調子だ！」

ライオン軍団の完璧な連携が徐々にボスを追い詰めていく。

ボスはライオンの相手をするだけで精一杯だ。火の玉を放つこともなければ、俺を狙うこともない。

(ライオン軍団の包囲網が着実に狭まっているな)

今の間に準備を整えておこう。

ここまでの戦いで稼いだポイントを使って設置型のライトを購入した。〈スポ軍〉を真似て戦場を明るくする。

「準備は整った――いいぞ！　やれ！」

「ガルルァ！」

俺の合図で1頭のライオンが飛びかかる。

「ヌンッ！」

すかさずボスが反撃。

「ガルァ……！」

さすがに空中では回避できず、ライオンは胴体を貫かれて即死。

だが、それはこちらの思惑通りの展開だった。

「「ガォオオオオオ！」」

隙を突いて10頭が突撃。

「ヌォ!?」

ボスは避けきれずにタックルを受けて落馬。

「「ガルルァアアアア！」」

仰向けに倒れるボスに10頭のライオンが嚙みつく。

「そのまま押さえつけていろ！　他は馬を仕留めるんだ！」

「「ガルァ！」」

フリーのライオンたちが敵の馬を倒す。

馬は抗う素振りを見せたものの、あっさり仕留められた。

これで敵の足は潰した。

「うおおおおおおおお！」

俺は助走をつけて思いきり跳んだ。動けない敵に決定打を――。

「ヌンッ！」

次の瞬間、ボスを押さえていた10頭のライオンが一瞬で消し飛んだ。

「嚙みつかれたまま槍で薙ぎ払いやがった！　だが――」

その程度は想定内。

「ここだぁああああああ！」

跳躍していた俺は、刀の切っ先をボスに向けて真っ直ぐ降下。

狙いは一つ――甲冑に覆われていない唯一の部位〈目〉だ。

「ヌンッ！」

ボスが槍の穂先を俺に向ける。

それでも俺は止まらない。怯まない。迷わない。

ここでビビッたら負けだ。

「うおおおおおおおおおお！」

「ヌォオオオオオオオオオ！」

互いの声が響く――――。

そして――。

グサッと、突き刺さる感触があった。

【絶望】

「ガハッ！」

怪我を意識するよりも先に、俺は血を吐いていた。地面にぶちまけた血を視認した瞬間、腹部に強烈な痛みがやってくる。

そこに目を向けると、ボスの大槍が刺さっていた。

「風斗！」

仲間たちの声が聞こえる。

駆け寄ってきているのかもしれないが、振り返る余裕はなかった。

このままだと1分も経たずに俺は死ぬ。一刻も早く万能薬を飲まねばならない。

そんな状況だが、俺はニヤリと笑った。

「俺の勝ちだ……！」

手応えがある。刀が兜（かぶと）の中の何かを捉えていた。

微かに残っている力で刀を動かす。

「ヌォオオオオ……」

兜から紫黒色の煙が上がる。

次の瞬間、ボスがこの世から姿を消した。

俺に刺さった槍も消えて、体が地面に激突する。

「早く薬を！」

麻衣が万能薬を飲ませてくれた。

初日の徘徊者戦を彷彿させるが、残念ながら今回は口移しではない。手で強引に突っ込まれ、さらに水をこれでもかと流し込まれた。まるで拷問だ。

「ゴヴォッ！」

あまりにも強引過ぎて咽せる。

それでも薬は飲み込めていたようで、傷が一瞬にして治った。

「生き返ったようだね」

ニッコリと微笑む麻衣。

「ああ、サンキューな」

俺は立ち上がり、「ふぅ」と大きく息を吐いた。

「やったぞ、ボスを倒した……！」

次第に勝利の喜びがこみ上げてくる。

「うおおおおおおおおおおおお！」

つい叫んでしまう。

だが、喜びはそう長く続かなかった。

「風斗、何も変わってないんじゃないの？　これ」

麻衣に言われてハッとした。

ボスが消えても他の徘徊者は消えていない。新手の雑魚が無限に現れてはライオンたちに駆逐されている。

コクーンを見ても何ら変わりない。日本に帰還するための何かしらが発生したような形跡は見られなかった。

得られたのは討伐報酬の３００万Ｐｔと莫大な経験値のみ。

無意識に「マジかよ」と呟いていた。

「風斗君、撤退しませんか？」

珍しく美咲が提案してきた。

「そうだな……」

この様子だと、ボスが再び現れてもおかしくない。

倒したら終わり、などという決まりはどこにもなかった。

「撤退だ」

ライオンたちに安全を確保させつつ、速やかに戦線を離脱した。

◇

拠点に戻ってきた。

ライオンたちの警護があったおかげで余裕だ。

外のことは生き残った31頭のライオンに任せ、皆でダイニングに向かう。

クタクタの顔でテーブルを囲んだ。

「さて、と……」

改めて情報を整理した。

まずは本当に何の変化も起きていないのか調べる。

「……ダメだな」

結果は変化なし。コクーンだけでなく、他のアプリも全て調べた。

「グルチャを見る限り他所も変化ないみたい。私たちがボスを倒したことに誰も気づいていないし」

「ボス戦の戦果は300万ぽっちのポイントと、【戦士】のレベルが10から18に上がる分の経験値だけってことか。こうなる気はしていたが……残念だ」

大きなため息をつく。

ただ、落胆するだけで絶望してはいない。どちらかといえば、「やっぱりな」という気持ちが強かった。可能性の一つとして十分に想定できたからだ。

「とりあえず必要なことを済ませておくか、忘れる前に」

まずはギルドの金庫に手持ちのポイントを移す。破産した際に所持ポイントがどうなるか分からないから。手持ち分を全て没収されてもおかしくない。

「500万以上あるじゃん！　ボスの報酬が300万ってことは、雑魚だけで200万も稼いだの⁉　ペットが倒した時の獲得ポイントって少ないんじゃなかった？」

目を見開く麻衣。

「単体の稼ぎは少ないけど数をこなしているからな。あと、スキルの効果で獲得量が増えている。徘徊者戦が始まった時は習得すらしていなかった【調教師】のレベルがもう18だ」

「すご！」

「私より高いじゃないっすか！　……と思ったら、私も今回の戦いでレベルが上がっていたんで、やっぱり私のほうが高かったっす！」

燈花の【調教師】レベルは20になっていた。それによって、新たに「餌代が75％オフになる」という効果が追加されたらしい。かなり強力だ。

「そういや皆、ステータスはどんな感じなの？　今のステータスを見せ合おうよ！」

麻衣が提案した。

「かまわないが、グループチャットでボスを倒したと報告してからでもいいか？」

「ダメ！」

「ダメなのかよ」

「だってグルチャで報告したら絶対に荒れるじゃん？　それでなんか対応することになったらステータスの話を忘れちゃいそうだし！　私は今見たいの！　グルチャは私らがお風呂を満喫している間にしといて！」

「最後のが本音だろ！　ま、いいけど」

俺たちは〈ステータス〉を表示し、スマホをテーブルに置いた。

【名　前】漆田風斗

【スキル】

・狩人：9

・漁師：13

・細工師：12

・戦士：18

・料理人：1

・調教師：18

【名　前】夏目（なつめ）麻衣

【スキル】
・漁師：5
・細工師：10
・料理人：12
・戦士：7
・栽培者：1
・狩人：5

【名前】高原(たかはら)美咲
【スキル】
・戦士：8
・料理人：19
・漁師：2
・細工師：4
・狩人：5
・調教師：3

【名　前】弓場由香里
【スキル】
・狩人：22
・細工師：6
・戦士：9
・漁師：2
・調教師：6

【名　前】牛塚燈花
【スキル】
・狩人：3
・料理人：7
・細工師：4

・戦士：6
・漁師：5
・調教師：20

皆のステータスを確認し終えた途端、麻衣が喚きだした。

「ちょ！　なんか私だけレベル低くない⁉　皆は20前後のやつが一つはあるのに、私だけ最高が【料理人】の12なんですけど⁉」

「役立たず」と由香里。

「わりと刺さるからそれはNG！」

「ごめん、冗談のつもりだった」

「素直か！　って、そうじゃなくて！　なんで私だけが……ぅぅぅぅ……」

「美咲の料理を手伝う時にしばしばサボるせいだろうな」

「サ、サボっていないし！　美咲が私に仕事させないだけだし！」

「サボっているだろ。『もう満足したからあとお願い！』とか何とか言って美咲に丸投げしているのを何度か見たぞ」

「ぐっ……。そ、それより、燈花の【漁師】がレベル5っておかしくない⁉　今日習得したんでしょ⁉　なのに私と一緒だし！」

「上がりすぎだとは思うがこんなもんだろう。今日は大漁だったからな。それに燈花はよく働いていた」

　イエイ、とVサインを決める燈花。

　タロウが誇らしげな顔で「ブゥ！」と鳴いた。

　コロクも彼女の肩の上で満足気だ。

「スキルレベルにこだわるなら別の作業にシフトするか？」

「別の作業って漁のこと？」

「もしくは狩りだな。他に良さそうな金策があるならそれでもいいが」

「えー！　副料理長の座を明け渡すのは嫌だなぁ。でも足を引っ張っているような感じがするのも嫌だし……うーん、ひとまず保留で！」

　俺は「はいよ」と笑った。

「俺はグルチャで報告しておくよ。皆はお風呂に入ってきてくれ。徘徊者戦はまだ終わっていないが、最強のライオン軍団がいるから気にしなくていいだろう」

「了解！　一番風呂はもらったー！」

　麻衣は誰よりも早く立ち上がり、「じゃね！」と飛び出していった。

「お先に失礼します」

「お疲れ様、風斗」

「また明日っす！」

　他の3人もペットを連れて浴室に向かう。

賑やかだったダイニングが俺だけになった。

「脱出失敗の時もそうだったが、こういう報告は気が滅入るなぁ」

独り言を言いつつグループチャットでボスの討伐を報告。

すぐに反応があった。

最初は皆、半信半疑だった。合同作戦に失敗したばかりなのだから当然だろう。

だが、すぐに俺の報告が真実だと認められた。

証明したのは五十嵐率いる〈スポ軍〉の連中だ。

なんと彼らは草原まで見に行き、〈地図〉と肉眼のダブルチェックでボスの消滅を確認したのだ。さらに現場からライオンや俺の血痕、回収し忘れた設置型のライトを発見。これだけ揃っていれば疑いようがなかった。

しかし、それは同時に、絶望の決定打にもなった。

ゼネラル徘徊者を倒しても何も起きない、ということが確定してしまったから。

ボスを倒せば日本に帰れるという幻想が散り、辛うじて残っていた希望が潰えた。

その衝撃はあまりにも大きく、そして、あまりにも深い。

グループチャットはお通夜状態だった。合同作戦の件で言い争っていた連中ですら絶望に打ちひしがれている。まるでこの世の終わりとでも言わんばかりの有様だった。

『まだだ、まだ分からない！』

徘徊者戦が終わったら何かが起きるかもしれない。

誰かが言い出したのではなく、自然とそういう空気になっていた。
ありえないことは誰だって分かっている。
それでも、何かが起きるかも……と思わずにはいられなかった。
俺もそうなる可能性に期待していた。
時刻が3時59分から4時00分になる。
その瞬間――。
「これは！」
――画面にお知らせが表示された。

【第三章　エピローグ】

お知らせを読み進めるにつれて眉間の皺が深くなっていった。

【平和ウィークのお知らせ】
漆田風斗によって徘徊者が討伐されました。
それを祝して平和ウィークを開催いたします。

平和ウィークの内容は以下の通りです。
・魔物と徘徊者が出現しなくなる。※緊急クエストは除く
・緊急クエストが受注不可になる。※報酬が拠点のものは除く

期間は本日より1週間。
その間、生命の危機に怯える必要はありません。
安心と安全に満ちた快適な無人島生活をお楽しみ下さい。

※平和ウィークの期間は延長される可能性があります。
※平和ウィークは今後も不定期に開催する可能性があります。

「相変わらずズレてやがる……」

安心と安全に満ちた快適な生活など必要ない。

求めているのは日本への帰還だ。

とはいえ、徘徊者戦がなくなるのはありがたい。

「平和ウィークか……」

お知らせを何度も読み返す。文面からいくつか分かったことがあった。

まず、Xに敵の出現を弄る力があるということ。

さながらシミュレーションゲームのように、徘徊者や魔物を召喚したり消したりできる。

次に、平和ウィークが慌てて作られたイベントだということ。

これは「期間は延長される可能性があります」という文言から読み取れる。その下の「不定期に開催する可能性があります」という一文でもう決定的だ。

どちらも「するかもしれない」というニュアンスになっている。事前に計画されていたものならこんな風には書かない。少なくとも二行目は「不定期に開催する予定」と書く。

では、どうして平和ウィークが慌てて作られたのか。

状況を考えると、十中八九、俺がゼネラル徘徊者を倒したからだ。奴等にとってゼネラルが倒されるのは想定外だったのだろう。

「もしかしたら何かが変わるかもしれないな」

徒労に終わったかと思えたボス戦。

しかし、平和ウィークの開催で新たな可能性が見えた。

少なくともXに何かしらの衝撃を与えたことは間違いない。

ただ、それが帰還に繋がるかは分からない。

生殺与奪の権は相変わらずXに握られたままだ。

その点はもどかしい……が、俺たちの行いは決して徒労などではなかった。

「いつか必ず帰還してやるからな」

そう心に誓い、今は平和ウィークを受け入れることにした。

★★★★★

純白の部屋に、二人の男がいた。

男たちの前には台があり、パソコンに酷似した機械が載っている。

「平和ウィークとは考えたな。これなら違和感を与えずに済む」

「ありがとうございます！　この間にじっくり再検討できますね！」

「そうだな。これほどの短期間でお前がやられるのは想定していなかった」

上司の男はモニターに映っている人間を見ながら呟く。

「しかし連中には驚かされたな」

「〈アニマル踏み倒し作戦〉でしたっけ？　少し違うような気もしますが、へんてこな名前のわりによく考えられていましたよね。まさかクラス武器を出す前にやられるとは思いませんでしたよ！」

「代償を覚悟で一時的に強靭（きょうじん）な力を得る――我々にはない考え方だな。戦い方も我々が想定していたどれにも当てはまらなかった」

「でも、浅はかだと思いませんか？　結果がどうなるか分からないのに大きな代償を払ってまで倒しにいくなんて……。とても〝立派な大人〟がすることじゃないですよ」

「たしかに浅はかだとは思う。が、その点も含めて発案者の彼とは話してみたいものだな。柔軟な発想の持ち主であることは間違いない」

「同感です。規則のせいで話せないのが残念ですね」

　上司の男は心から残念そうに「うむ」と頷いた。

「それにしてもこの言語……日本語だっけか。えらく効率が悪いな。とてもこの世界で指折りの優れた言語とは思えん。これだけ話しているのに全く情報を伝えられない」

「我々の言語が優秀なだけですよ」

「それもそうだな」

二人の男は踵を返して部屋の外へ向かう。

「あ、自分の出番って今日の敗北でおしまいですか？」

「それも含めて検討する。とりあえず平和ウィークの間は大人しくしておけ」

「えー、１週間も待機だなんて辛すぎですよ」

二人が部屋を出た数秒後、今度は女が入ってきた。膝丈まで伸びたピンクの髪が特徴的だ。

女は真っ直ぐモニターに近づき、そこに表示されている青年の顔をタッチした。

画面に青年の名が表示される。

「漆田風斗……」

女は青年の名を呟くと、端末を操作した。

画面が切り替わり、数時間前にあった風斗とゼネラルタイプの戦いが表示される。

「すごい戦い方……！」

身体能力が低いにもかかわらず知恵と勇気で奮闘する風斗の姿に衝撃を受けた。

「彼なら、きっと……」

そこで言葉を止め、女はその場を後にした――。

第四章

【第四章　プロローグ】

11時58分、俺たちは拠点の外に集まっていた。

あと2分で約30頭のライオンとお別れだ。

「助けてくれてありがとうな」

ここまでスキンシップを避けていたライオンに抱きつく。全ての個体に対し、感謝の意を込めてギュッとした。

「ガルゥ」

ライオンたちは柔らかい表情で受け入れてくれた。中には獣臭い舌で顔を舐めてくれる奴もいて、威圧的な見た目に反して可愛らしい。ダメだと分かっていても情が湧いてしまう。

(使い捨てる目的で購入してごめんな)

心の中で何度も謝った。

「大丈夫ですか？　風斗君」

「ああ、大丈夫だよ」

大きく息を吐き、ライオンに向けて言う。

「次の飼い主のところでも幸せにな！　今度は餌代を出してくれる奴を見つけるんだぞ！」

「「「ガルルァ！」」」

時刻が12時00分になる。

その瞬間、全てのライオンが姿を消した。

「別れって思っていたよりも辛いもんだな……」

ライオンたちと過ごした時間は約半日。

その間、愛着が湧かないよう可能な限り接触を避けていた。

それなのに、不思議と涙が込み上げてくる。

だからこそ思った。避けていたのは正解だったな、と。

今ですらこの有様だ。他のペットと同じように接していたら、とんでもないペットロスに苛（さいな）まれていただろう。

「さて……」

ポケットからスマホを取り出す。

ライオンが消えると同時に音が鳴っていた。内容には察しが付く。

『ペナルティ：動物を購入することができなくなりました』

案の定、ペナルティの通知だった。

餌代を払えなかった俺は、二度とペットを飼うことができない。

通知の文面を見ていると無性に腹が立ってきた。

(これじゃリスクとリターンの収支がまるで合っていないじゃねぇか!)

勝手にリスクを取ったのは俺だ。それは分かっているが、それでも理不尽だと思った。

(八つ当たりがてら文句を送りつけてやる!)

俺は〈要望〉からクレームを入れることにした。

ゼネラル徘徊者の報酬がショボ過ぎるぞバカ野郎、と。

(ま、どうせ弾かれるだろうけど)

ダメ元で送信ボタンを押す。

すると、拒否されることなく送信されてしまった。

「むっ」

「どうしたの?」と由香里。

「追加の質問が表示されたぞ」

希望する報酬を教えろ、というものだった。

Xがこのような対応をしてくるのは珍しい……というか初めてだ。

「平和ウィークの実装といい、何かが変わったな」

「私たちの生活は変わらないけどねー」と麻衣。

俺は希望する報酬を書き込む。

欲しい報酬はただ一つ――日本に帰還することだ。

『俺たちを日本に戻すか、もしくは日本に帰還する方法を提示してほしい』

入力内容を確認して送信。

いつもなら帰還に関する内容は送信すらできないが、今回は違っていた。

数秒後、再びスマホがピコンと鳴る。

『ペナルティが解除されました』

それがXの返答だった。おそらく譲歩案のつもりなのだろう。帰還を認めない代わりにペナルティを解除してやる、と。

「帰還方法に関する糸口は見つからないままだが……まぁいいか。最初からその点は期待していないし」

ペナルティが解除されただけ良しとしよう。

とりあえず、これでまたペットを飼えるようになった。

◇

昼ご飯を食べ終えた途端、体に喜ばしい異変が生じた。思わず椅子から立ち上がり、「うおおおお！」と叫ぶ。

力が湧いてきたのだ。体がいつもより軽く感じる。絶好調のさらに上の状態だ。見た目に変化はないが、明らかに身体能力が向上していた。

「なんだこりゃ！　美咲、昼メシにクスリでも盛ったのか⁉」

美咲は「クスリは盛っていませんが……」と笑いながら説明する。

「実は今朝、料理を作った際、【料理人】のレベルが20になりました。それで新たな効果が追加されまして、今回のお食事に適用されたみたいです」

「この異様な力のみなぎりようが料理の効果ってこと？」

「はい、一時的に能力が強化されるようです」

「やばいぜ！　今なら勝てる気がする！　麻衣、腕相撲で勝負しようぜ！」

俺は椅子に座り直し、テーブルに肘を置く。

「ほーい」

麻衣は対面に座って勝負を受けた。

「いくよ、風斗。レディ、ゴー！」

ズコーッ！

僅か数秒で俺は敗北した。

「どうして……」

「そりゃ私も同じご飯を食べているからね？」

「しまった！　麻衣も強化されていたのか……！」

俺はガクッと項垂（うなだ）れた。

◇

昼食後は金策タイムだ。

俺は漁を担当する。川で石打漁とペットボトルトラップの回収を行った。

いつもなら誰かしらとペアだが、今日は全員で来ている。平和ウィークのおかげで島に魔物がいないからだ。

「今日みたいな暑い日は川の水が気持ちいいですね」

「美咲さん、たも網をどうぞ」

「ありがとうございます、由香里さん」

美咲と由香里が石打漁に励んでいる。

美咲が石打漁をするのは今日が初めてだ。前回は俺の都合で見学していた。

「わっ！」

「美咲さん危ない！」

川底のぬかるみに足を滑らせて転びそうになる美咲。

すかさず由香里が止めて事なきを得る――と、思いきや。

「「きゃっ！」」

二人とも転んで川に尻餅をついた。

「大丈夫か!?」

「大丈夫です、すみません」

「私も大丈夫」

そう言う二人だが、俺からすると大丈夫ではなかった。川の水を盛大に浴びたせいで、濡れた服が地肌に張り付いている。さらにはスカートが捲れてパンツが見えていた。由香里は何故かノーブラで、美咲は胸の谷間に川水が溜まっている。

（おほっ、これは水も滴るいい女……！）

凝視を禁じ得ない光景だが、俺はどうにか衝動を抑えた。光の速さでチラ見を繰り返すだけに留める。

「あのー、麻衣、思ったんすけどー」

「んー？」

麻衣と燈花はペットボトルトラップの量産に励んでいる。

タロウやコロク、その他のペットは不在だ。アイテムを探して付近を歩き回っている。

「やっぱり『先輩』とか『先生』って付けたほうがよくないっすか？　呼び捨てってどうもしっくりこないっすよー」

「そうかなぁ？」

「俺も最初は慣れなかったな」

「ほらー！　やっぱり普通はそうっすよね！」

「私は平気だけどなぁ！」

「そりゃ麻衣は普通じゃないからな」

「なんだと」

俺は会話を終え、全体の状況を確認。

「そろそろいいだろう」

皆に作業を終えるよう命じた。

「もう100万に達したの？　今日の稼ぎ」と麻衣。

「約110万だな」

俺たち5人が稼いだ額の話だ。

それだけあれば問題ない。徘徊者戦の討伐報酬もあるし、しばらくは安泰だろう。

ちなみに今の餌代は約22万ptだ。

「漁って儲(もう)かるねぇ！」

「ペットボトルトラップをコツコツ増やしてきたのも効いているな」

川には数百個のペットボトルトラップを設置している。塵(ちり)も積もれば山となるように、これだけの数があると稼ぎも大きい。

【漁師】のレベルが上がっているのも追い風になっていた。

「漁の次は何をするの？　なんだっていいよ！　美咲の料理を食べたおかげで元気が有り余っているから！」

麻衣が可愛らしい力こぶを作ってみせる。こぶが作れるだけ俺より強い。

「実は試してみたいことがあるんだ」

「いいじゃん！　何を試すの？」

「釣りだ。【漁師】の魚群探知能力を駆使すれば釣り堀並みに釣れるはず」

グループチャットで誰かが言っていた。釣りは儲かるぞ、と。

気になったのは、魚を釣った際に得られるポイントだ。単価だけ見た場合、漁より優れているのは明らかだった。もしかすると漁より儲かるかもしれない。

試す価値は十分にあった。

【釣り】

せっかくなので釣り竿を自作することにした。といっても、竹を加工して作った竿に適当なパーツ——例えばグリップテープやリールを装着しただけだ。

コクーンの判定基準だとこれも立派な製作になる。

おかげで【細工師】の経験値とポイントが貯まった。ペットボトルトラップ2個分程だが、それでも嬉しいものだ。

「あとは釣り針に餌を刺すだけだ」

……と、ここでトラブル発生。

「餌ってミミズじゃん！　虫とか無理ぃー！　無理無理！　絶対無理！」

麻衣が凄まじい勢いで拒絶したのだ。

「虫が苦手なのですね、麻衣さん」

「恥ずかしい女」

「どんまいっすよー！」

他の3人は平然とミミズを摘まむ。

「虫以外に何かないの⁉ 団子みたいなやつとか魚っぽいやつとか！」

「練り餌や疑似餌のことだろ？　あるよ」

「だったらそれにする！　ミミズとか嫌だし！」

「かまわないが海釣り用だぞ」

〈ショップ〉を見る限り、川釣り用の餌はミミズ等の虫しかない。虫の種類は多いが、練り餌や疑似餌は見当たらなかった。

「へーきへーき！　海も川も一緒だから！」

麻衣は練り餌を購入。手の平で団子状にして針に刺した。

「やるぞー」

準備が整ったので一斉に釣りを開始。

「お！」

「きたっす！」

「私もヒットしました！」

「風斗、どうすればいい？」

「竿を引いてリールを回すんだ！」

すぐさまヒットする俺たち。

ただ、「俺たち」の中に麻衣だけ含まれていない。

「しゃー！　釣れたぞ！」

程よい抵抗の末に釣り上げた。毒々しい色の川魚だ。

いつも通りスッと消えてポイントと化す。直ちに〈履歴〉を確認した。

「たしかに単価は漁の数倍あるな」

「同じ魚でも捕り方によってポイントが変わるということでしょうか」

「そうみたいだ」

その後も釣りを続行した。

魚群のおかげなのか釣れまくりだ。釣り針が川に入った数秒後にはヒットする。釣り堀をも凌駕する効率で、まさに爆釣という他ない。俺たちの頬が自然と緩んだ。

もちろん、ここで言う「俺たち」にも麻衣は含まれていない。彼女の釣り竿だけ無反応のままだった。

「効率は漁に劣るなぁ」

「やはり漁のほうがいいっすかぁ！」

「ポイントを稼ぐだけならな。しかし、釣りは安全だし楽にできる。がっつりポイントを稼ぎたい時以外は釣りでもいいと思う」

「ケースバイケースってやつっすね！」

「だなぁ」

麻衣の様子をチラリ。

「つまんない……」

麻衣は頬をパンパンに膨らませていた。

「だから麻衣もミミズにしたらいいだろ。俺がつけてやるって」

「いらないもん。練り餌でいいし」

完全に拗ねている。

「そう不貞腐れるなって、ほら貸してみ?」

半ば強引に麻衣の竿を奪った。ポロポロの練り餌を外してミミズを突き刺す。

「これでやってみろ、釣れるはずだ」

「ミミズをつけてなんて頼んでいないし……」

「分かっているよ。だから礼は結構だ」

麻衣は涙目で釣り竿を振るう。

その数秒後、彼女の竿がピクピクと動いた。途端に顔が明るくなる。

「風斗! かかった! かかったよ!」

「竿を引いてリールを巻け!」

「うん!」

どりゃあ、と魚を釣り上げる麻衣。

「やったー! 釣れたー! 釣りってたーのしー!」

たちまち麻衣の機嫌が良くなった。

「よかったな、おめでとう」

「ありがとー！　はい風斗！　次のミミズ！」

「またかよ」

「だってミミズとか無理だもん！」

「仕方ないなぁ、ほらよ」

「ありがとねん！」

こうなると麻衣は止まらなかった。

これまでの遅れを取り戻すように釣りまくる。

釣って釣って釣って、その度に言う。

「風斗！　ミミズ！　早く！」

「はいはい」

子供かと思えるほどのはしゃぎようだった。

その姿を見て美咲と燈花はにっこり笑う。

「麻衣だけずるい」

由香里は何故か拗ねていた。

◇

夕暮れ前、俺たちは拠点に戻った。

仕事を終えたペットたちも含めて全員でダイニングへ。

燈花の加入に伴いダイニングを拡張した。

皆で集まっても広々としている。今ではリビングとしての機能も兼ねていた。

「かぁー！　釣りまくった！　やったどー！」

「たくさん釣れて楽しかったですね」

麻衣と美咲は晩ご飯の準備に取りかかった。

「由香里、見て！　タロウに翼が生えたっす！」

「ブゥ！」

「キィー！」

「可愛い……！」

燈花と由香里はダイニングテーブルの傍でペットと戯れている。

タロウの背中に乗っているルーシーが全力で翼を広げていた。それでも、サイの図体(ずうたい)に対してハヤブサの翼では小さすぎる。とても飛べるようには見えなかった。

「分かるかジョーイ、これはテレビって言うんだ」

俺はソファに座ってテレビを観(み)ていた。どちらも今しがた設置したものだ。

設置を希望したのは麻衣だが、最初に使ったのは俺である。

「電源ケーブルがないと玩具(おもちゃ)にしか見えないな」

コクーン産の電化製品はコンセントを要しない。調理器具は大して気にならないが、テレビは違和感が凄かった。モデルルームにありがちな模型にしか見えない。

「面白い番組やってるー？」

麻衣が調理しながら尋ねてきた。

「ドラマの再放送とニュースぐらいだ」

「ちぇ、つまんないじゃん！」

「ちなみに静岡のローカル番組が映るぞ」

「やっぱりここって駿河湾にあるんだね」

「たぶんな」

テレビを観ていても今ひとつ面白くない。

俺はスマホを取り出しグループチャットを開いた。

「平和ウィーク、思ったより平和じゃないかもな」

「どうかしたっすか？」

燈花がやってきた。「ドーン！」と謎の擬音を口にしながら隣に座る。

俺の足下に伏せていたジョーイは、そそくさと美咲のほうへ逃げていった。

「金欠に喘（あえ）ぐギルドがちらほら出ているんだ」

燈花にスマホを見せる。

彼女は「どれどれ」と、ログに目を通した。

「ほんとっすねー」

「徘徊者戦がないのはありがたいが、魔物まで消えたのはまずかったな」

多くの生徒にとって、魔物の討伐報酬は貴重な収入源になっていた。俺たちも他人事ではない。魔物がいなくなったことで少なからず稼ぎが減っている。

余談だが、下降の一途を辿っていた槍の不労所得も完全にゼロとなった。

「釣りでどうにかならないっすか？　川なんてそこらにあるっすよ」

「どうやら魚群でなければ爆釣とはいかないようだ。全てのギルドにレベル10の【漁師】持ちがいるわけじゃないからな」

生活費を稼ぐだけなら苦労しない。魚を何匹か釣れば事足りるだろう。

問題は防壁の強化費だ。毎日3～4回強化する場合、1週間で200～300万の出費になる。これだけの額をどうやって稼げばいいのか。皆が頭を抱えているのはこの点だ。

「このままだと面倒なことになりそうだな」

「面倒なことって？」

「ポイントのカツアゲとか」

女性陣が不安そうに見てくる。俺たちの会話を聞いていたようだ。

「貧すれば鈍すると言うし、自分のためにも秘中のネタを提供してやろう」

「秘中のネタって何すか⁉」

「ペットボトルトラップさ」

「あー！　そういえば内緒にしていたっすね！」

「うむ」

今までペットボトルトラップの情報は出していなかった。そうは言っても、意図的に隠していたわけではない。あえて出すほどの情報でもないと思い黙っていただけだ。

「送信っと！」

俺たちはペットボトルトラップで凌いでいるよ、と発言。トラップの作り方が載っているサイトのURLも貼り付けた。

「……やっぱり微妙だな」

皆の反応は今ひとつだった。「うおおおお！　神情報サンクス！」などと熱狂している者はいない。むしろ期待外れと言いたげな反応が大半だった。「英雄にしては地味だな」と落胆している者もいる。

「せっかく教えてあげたのに酷いっすねー」

「仕方ないさ、地味なネタは往々にしてウケが悪い」

ペットボトルトラップは積み重ねが大事だ。スキルレベルと設置数をコツコツ上げることで真価を発揮する。〈マイリスト〉で大量生産する手もあるが、それはそれで微妙だ。どうやっても序盤は対価が労力に見合わない。

皆が気乗りしないのは無理もなかった。

「こうなったら石打漁も教えてびっくりさせるっすよ！」

「それはやめておこう」

「どうしてっすか？」

「石打漁は事故の危険がある。足を滑らせ岩で頭を打って死にました……なんて事態になったら目も当てられない」

「それは嫌っすねー」

「ちょうど教師が漁の話をしているし、わざわざ俺が言わなくても誰かしら漁業に辿り着くだろう。もしかしたら石打漁より便利なネタが見つかるかもしれない。その時は便乗させてもらおう」

「なるほど！　賢いっす！」

俺は「ふふふ」と笑い、テレビを消した。

平和ウィーク初日は問題なく終わりそうだ。

【ラブシーン】

おそらく何も起こらないだろう。

分かっていても、徘徊者戦に備えて待機していた。

美咲も一緒だ。ジョーイはいない。完全に二人きりだ。

拠点の出入口付近で、俺たちは外を眺めていた。念のためフェンスも準備してある。

「何かあったら起こすから寝てくれてかまわないよ」

「それは私のセリフです。風斗君こそゆっくり休んで下さい」

「譲るつもりはないようだな……！」

「風斗君こそ……！」

「では一緒に過ごそう」

「はい！」美咲は笑顔で頷いた。

「久しぶりだよね、俺たちが二人きりで過ごすの」

「言われてみればそうですね」

最近は必ず誰かしらがいた。人がいなくてもジョーイがいた。

「ジョーイは寝ているの？」

「はい、私の部屋でぐっすりと」

「それも珍しいよなぁ。いつも美咲の傍で寝るのに。よほど疲れていたのか」

「ですね」

しばらく雑談をして過ごした。スマホで話題を見繕いつつ、他愛もない話を繰り広げる。相変わらず盛り上がりに欠けていて、俺は自身のコミュニケーション能力の低さを呪った。

「そろそろだな」

2時が近づいてきた。

会話を終え、スマホに表示されている時刻を注視する。

1時59分50秒……51秒……52秒……。

そして——2時00分。

いつもなら空気が変わり、徘徊者がドッと押し寄せてくる。

しかし、今日は違っていた。

「静かなままだ」

「コクーンのアイコンも変わりありません」

徘徊者は現れず、また、現れそうな気配もなかった。

「俺はもう少し待ってから寝るよ。美咲は――」

「風斗君が寝るまでここにいます」

先に寝ていろとは言わせない、ということか。

俺は苦笑いで答えた。

「分かった。では勝手に過ごさせてもらうとしよう」

まずはグループチャットの確認から。

同じように起きている連中がちらほらいた。徘徊者が不意打ちで出てもおかしくないのだから当然だ。とはいえ、そういった連中も半数が寝ようとしていた。

次にネットを開き、ニュースサイトやSNSで俺たちの失踪について調べる。

もはや誰も興味をもっておらず、トレンドランキングは余裕の圏外。今でもこの件に執着しているのは生徒の家族くらいなもの。何人かの保護者や兄弟姉妹がSNSで呼びかけているけれど、反応は乏しかった。

（鳴動高校の先人らはよく精神を保てたものだ）

先人は何度かに分けて脱出していた。

――が、最速組ですら島で1ヶ月ほど過ごしている。

おそらく世間の反応は俺たちと同じだったはず。最初の数日こそ盛り上がるが、すぐに忘れ去られていく。最後のほうは集団失踪事件があったことすら忘れられていただろう。

隔絶された空間に閉じ込められて過ごすのはきついものがある。生活が快適だったとしても関係ない。家族に会えないのは寂しいし、何をするにも不安がつきまとう。

『先生、俺は先生のことが……』

突然、美咲のスマホから男の声が聞こえてきた。通話にしては芝居がかった話し方をしている。

「すみません、イヤホンの接続が切れてしまいました」

美咲が慌てて音を消す。耳に白いイヤホンを装着していた。

「今の音は?」

「アプリでドラマを観ていました」

「ドラマ?」

美咲のスマホを覗き込む。

制服姿の男子と教師らしき女が映っていた。

背景から察するに校門の前で話しているようだ。

「麻衣さんにオススメされた学園モノの恋愛ドラマです」

「へぇ、美咲ってドラマを観るのか。それも学園モノの恋愛ドラマとは」

「普段はあまり……。ただ、オススメされたので試しに観ています」

「面白い?」

「まだ始まったばかりなのでなんとも。風斗君も一緒に観ますか? このドラマ、麻衣さんによると若い子に人気があるみたいですよ」

美咲は左耳に装着していたイヤホンを外して俺に向ける。

「観るとしよう。一人でスマホをポチポチしていてもつまらないし、若い子に区分される者としてトレンドは押さえておかないとな！」

「あはは」

美咲からイヤホンを受け取って装着。

「では最初に戻しますね」

「いや、そこからでいいよ。序盤なら多少進んでいても分かるだろう、たぶん」

「そういうことでしたら」

美咲は再生ボタンを押した。

『ダメよ、こんなところじゃ他の人の目があるわ』

『だったら場所を変えよう！　先生の気持ちを教えてくれ！』

どうやら男子生徒が女教師に告白したようだ。

女教師もまんざらではないように見える。

(序盤から告白とは……どういう物語なのだろう)

そんなことを考えているとシーンが切り替わった。

二人は保健室に移動したようだ。

室内はどういうわけか無人で養護教諭は見当たらない。それなのに鍵が開いていた。

「扉の鍵が開いていることについて気になったのは俺だけか？」

「私も気になりました。理科室や保健室のような場所は、セキュリティ上の理由により、不在時は必ず鍵を掛けるよう徹底させられます。この学校の養護教諭はよろしくないですね」

本物の教師ならではの視点で語る美咲。

一方、ドラマ的には問題ないようで、当たり前のように話が進んでいく。

『ここなら誰にも聞かれないだろ』

『そうね』

俺は小さな声で「いや、まずいだろ」と呟く。

いくつかあるベッドの間仕切りカーテンが閉まっている。誰にも聞かれたくないのであれば、それらを開けて人がいないか確認するべきだ。養護教諭がいないのに鍵が開いているのだから、ベッドで休んでいる者がいてもおかしくない。

と思ったが、この点もドラマ的には問題ないらしい。

『もう我慢できない！』

『私も！』

二人は禁断のキスを始めた。熱い抱擁からの舌と舌を絡める濃厚なキス。

カメラがズームして舌の交わりを鮮明に映している。

「……これ、普通のドラマなの？」

「そのはずです。少々過激なシーンがあるとは聞いていましたが……。地上波で放送されているので問題ないはずです。たぶん……」

その後も二人の行為はエスカレートしていく。

男子生徒は女教師の首に舌を這わせつつ、彼女の胸を揉み始めた。

女は男の首に両腕を回し、さらには両脚を腰に絡める。

さながら洋画や海外ドラマのラブシーンみたいだ。

「この二人、おっぱじめるんじゃないか」

美咲は何も言わず、ゴクリ、と唾を飲み込む。

『先生、先生……！』

男が間仕切りカーテンを強引に開け、都合良く誰もいないベッドに女を押し倒した。

『いいよ、来て！　君の好きにして！』

女が受け入れを表明する。

『先生ッ！』

男は女教師に跨がり、着ていた服を驚異的な速さで脱ぎ捨てた。さらに女の服を力任せに引き裂く。

「おい、嘘だろ、これ、本当に地上波で放送されているのか!?」

「そう伺っていますが……自信がなくなってきました……」

画面では男子生徒と女教師が堂々とセックスしている。しかもめちゃくちゃ生々しい。

日本の映像作品にありがちなベッドでゴソゴソしているだけのものではなかった。

とはいえ、絶妙なカメラワークによって乳首や性器が映らないよう配慮されており、たしかにR18に該当するほどではない。さしずめR15といったところ。おそらく深夜帯に放送されているのだろう。

『ああぁっ！　そこ、そこぉ！』

女教師の喘ぎ声が鼓膜を刺激する。声だけでなく表情まで気持ちよさそうだ。演技ではなく本当にセックスしているようにしか見えない。

そんな映像を前に、当然ながら童貞の俺は平静を保てなかった。顔はどうにか無表情を貫いているが、下半身に目を向けるとしっかり勃起している。ペニスの角度を調整しても隠しきれないほどにギンギンだ。

「「………」」

しばらくの間、俺たちは無言でドラマの視聴を続けた。

二人して食い入るように画面を凝視している。

「風斗君は……こういうこと、したことありますか？」

美咲が沈黙を破った。

「こういうことって言うと……？」

「キスとか、そういうの、です」

「ないよ！　ないない、な、ないよ！　ない！」

妙な緊張のせいで怒濤の否定をしてしまう。

だが、美咲は笑わずに真顔で答えた。

「私もありません」

「そ、そうなんだ」

「死ぬまでに一度はしてみたい……と思っています」

「美咲なら余裕だろ。日本に戻ったら相手なんざ秒で見つかるぞ」

「日本に戻れる日が来なければ相手は見つからない、ということですか？」

「ぐっ……」

「いつか日本に戻れると信じていますが、それがいつになるかは分かりません」

こちらを見る美咲。

「だから、風斗君、あの、もし嫌でなければ、私と……」

「え、それって……」

美咲はコクリと頷いた。

「マ、マジで？　俺、俺なんかで、いいの？」

「はい」

目を閉じる美咲。

（おいおいおいおいおいおい！　なんだこの展開は！）

何がどうしてこんな流れになったのか分からない。

——が、そんなことはどうでもよかった。

（据え膳だ！　チャンスだ！　キスだ！　もしかしたらその先だってあるかも！）

かつて麻衣と同じベッドで寝た時のことを思い出す。

あの時は度胸が足りなくてチャンスを無駄にしてしまった。

（今回は違うぞ！　同じ轍は踏まない！）

麻衣や美咲は良き友人であり、決して恋人ではない。そうした人間とキスや性行為をするなど軽佻浮薄である、と批判する者もいるだろう。

しかし、有り余る性欲を持った一般的な童貞には関係ない。

俺は深呼吸すると、美咲を見つめた。

「後悔させたらごめん」

「大丈夫です。絶対に後悔しませんから」

「分かった……！」

俺は美咲の手からスマホを取り、イヤホンともども地面に置いた。

それから美咲の両肩を摑み――。

（立ったほうがいいのか？　このまま座ってキスしてもいいのか？）

唐突にそんなことが気になる。

けれども、ここで「どっちがいい？」などとは訊けない。

（なるようになれ！）

ということで、そのまま唇を近づけていく。

右手で美咲の後頭部を押さえ、ドラマのような濃厚なキスをする――はずだった。

「ワンッ！　ワンッ！」

唇が重なり合おうとした瞬間、ジョーイがやってきた。

美咲の目がカッと開いた。

俺は慌てて彼女から離れる。

「ジョーイ、どうかしたのですか？」

「ワウゥ」

ジョーイは美咲の傍に伏せて目を瞑った。

「寂しかったのですね」

美咲はジョーイの背中を優しく撫でた。

「ささ、寂しかったのなら仕方ないな！　うん！」

邪魔者ジョーイの登場によってムードが壊れた。ここから再びさっきと同じ展開に持ち込むのは無理だ。童貞の俺ですら分かる。今日はお開きだ。

俺はおもむろに立ち上がった。

「徘徊者が現れる様子もないし戻って寝よう」

「そうですね。ジョーイ、お部屋に戻りますよ」

「ワンッ！」

ジョーイは伏せたばかりの体を起こし、嬉しそうに洞窟の奥へ向かう。

「あ、あの、美咲、ジョーイが来る直前のことは……」

美咲は「ご迷惑をおかけしました」と頭を下げた。

「嫉妬させてしまうので、他の方々には内緒にしておいてくださいね」

「分かった。――って、え？　嫉妬？」

「はい」

意味ありげに笑う美咲。

「それでは、お先に失礼します」

「あ、ああ、おやすみ」

去りゆく美咲の背中を目で追う。

しばらくの間、その場に放心状態で固まっていた。

とりあえずジョーイを恨んだ。

【昼前の団らん】

「キィー！　キュイー！」

朝、ルーシーの甲高い声にたたき起こされた。

「おはよ、風斗」

目を開けると、ベッドサイドには由香里の姿があった。

「おぉ、由香里、おふぁよぉ……」

しぶとく残る眠気があくびを誘発する。

俺を起こしたルーシーは、布団の上に鎮座していた。ちょうど俺の腹の上だ。何を考えているのか分からぬ顔でこちらを見ている。

「ねみぃ」

ふわぁと口を開けていると、布団の中から何かが登場した。

オコジョのコロクだ。俺が寝ている間に忍び込んでいたらしい。

コロクは凄まじい速度で俺の体を駆け上がると、布団を出てルーシーの隣に伏せた。

「キュイー！」

ルーシーは鉤爪でコロクを掴み、部屋の外に飛んでいく。何も知らない者からすると捕食にしか見えないが、実際にはただの運搬だ。コロクが怪我をしないよう優しく掴んでいる。

コロクのほうも自分ではできない飛行に喜んでいた。

「わざわざ起こしてくれたってことは……」

サイドテーブルに置かれたスマホを確認する。

時刻は11時30分。朝ではなく昼前だった。

「やっぱり……いや、思った以上に寝ていたな」

「疲れていたのだと思う」

「それもあるが……」

「ん?」

「いや、何でもない」

たしかに疲労が一番の原因で間違いない。リヴァイアサン、脱出計画、合同作戦、ゼネラル討伐……ここまで休まずに頑張り続けていた。平和ウィークの安心感から、蓄積されていた疲労が爆発したのだろう。

しかし、理由は他にもあった。

昨夜の美咲との一件だ。麻衣による口移しを含めないのであれば、アレが人生初のキスとなる予定だった。

目を瞑るとあの光景が脳裏によぎる。童貞ならではの妄想力を遺憾なく発揮し、美咲とのキスやその先の展開をイメージした。

当然、そんな状態では眠れない。ひたすら悶々(もんもん)とした挙げ句、最終的にはセクシー動画を観てスッキリする羽目になった。

「この時間だと昼ご飯ができているんじゃないか」

「うん、もうすぐ」

「なら急いで準備しないとな」

「部屋の外で待っているね」

俺は先日こしらえた洗面室で顔を洗い、歯を磨いた。

洗濯済みの学生服に着替えて準備完了だ。

「お待たせ」

「早かったね」

「スキンケアや髪のセットなんてシャレたことはしないからな」

「風斗は今のままでカッコイイから大丈夫」

「そう言ってくれるのは由香里くらいだよ」

由香里と二人でダイニングに向かう。

「風斗、一ついい？」

「ん？」

「さっき風斗の部屋に入った時、なんか不思議な匂いがした」

「不思議な匂い？」

「適切な表現が浮かばない。独特な匂い」

ギクッ！

「独特な匂いって、例えば……イカ臭かったとか？」

「そんな感じ。あれって何の匂い？　たぶんゴミ箱から匂ったと思うけど、中にはティッシュしか入っていなかったから気になった」

「……夢の香りだろう、たぶん」

「ふふ、ロマンチストだね、風斗」

俺は適当に笑って流し、「ところでさぁ」と話題を変えた。

◇

ダイニングキッチンでは美咲と燈花が調理中だった。

麻衣はソファにふんぞり返ってテレビを観ている。

「おはよーっす！」

「遅いぞ寝坊助ー！」

燈花と麻衣が同時に言った。

「おはようございます、風斗君」

ワンテンポ遅れて美咲が続く。何事もなかったかのように平然としている。

「お、おはよう」

何食わぬ顔でいるつもりだったのに言葉が詰まってしまった。

後で別の動画に頼るとしよう、などと考えながらダイニングテーブルへ。

俺が席に着くと、麻衣はソファから立ち上がった。

「風斗、今日は何する予定？」

「とりあえず――」

「ねね、いつも同じだと飽きるから別の作業でもしない？」

麻衣が言葉を遮ってきた。質問した張本人なのに。

「いいけど何かあるか？」

「それは分かんない！　でも別のことがしたいなぁ！　漁でもいいんだけどさ、別の漁法を試すとか、そういうのがしたいわけさね」

「わけさねって言われてもなぁ……」

腕を組んで考える。

「よし！　決めたぞ！」

「なになに？　何を閃いたの⁉」

「麻衣に考えてもらおう！」

「私の役目かよ！」

「麻衣はウチの情報担当だからな」

「いつからそんな担当になったのさ」

「出会ってからずっとだぞ」

「えー」と言いつつ、「まぁいっか」と了承する麻衣。

「あとは普段通りでいいだろう。俺は漁をするよ。燈花か由香里のどちらかと」

「はい！　牛塚燈花、漁を希望します！　料理は今しているんで漁がいいっす！」

真っ先に手を挙げる燈花。

「じゃあ私は料理で。美咲さんに教わりたい」

「なら俺と燈花は漁、美咲と由香里は料理だな。美咲も問題ないか？」

今度は詰まることなく言えた。

美咲は振り向き、俺の目を見て微笑んだ。

「はい、大丈夫です」

昼食後の作業分担が決まる。

それから間もなく、美咲が料理の完成を告げた。

「皿、運ぶよ」と立ち上がる俺。

それに対して「えぇ！」と驚く麻衣。

「風斗がお皿を運ぶとか珍しいじゃん！　つか初めて!?」

「風斗って何気に亭主関白っぽいところあるっすよねー！」

「洗い物とかも絶対にしないし！　家じゃ甘やかされているんだろうなぁ！」

「甘やかしたい」と由香里。

「好き放題に言ってくれるなぁ、おい」

俺は料理を運びながら反論する。

「我が家は役割分担を徹底しているんだ。この島でもトイレ掃除と風呂掃除は俺が一手に引き受けているだろ？」

「えー、知らないなぁ」

「知らないっすー」

「おい」

麻衣と燈花がキャハハと笑う。

俺は「やれやれ」とため息をついた。

◇

昼食後、燈花と二人で川にやってきた。魚群を転々としながら石打漁を進めていく。

「魚群を狙う連中が増えてきているようだな」

「まじっすかー」

「〈地図〉を見ると一目瞭然だ」

魚群の数が昨日よりも少なかった。幸いにも俺たちの縄張りは無事だ。近くで漁をする者がいないのだろう。

ただ、いつか栗原のギルドと競合する可能性があった。とはいえ奴等は上流でウチは下流だから、向こうがよほど強引に規模を拡大しない限り安全なはず。

「魚群は一日経てば復活するし、この島にはそこら中に川がある。わざわざ魚群を奪い合うような事態には陥らないだろう」

「なら安心っすね」

話しながら作業すること約2時間。

ペットボトルトラップの設置エリアに到着した。

「ただのペットボトルも数百と並べば壮観だな」

「すごい数っす！　いくらになるか楽しみっすね！」

「ま、ゆるっと回収していこう」

「了解っす！」

手分けしてペットボトルの回収と再設置を行う。

だが、ここで問題が発生した。

獲物が全く掛かっていないのだ。大半のペットボトルが空になっている。

もちろんポイントは発生していない。

「燈花、そっちはどうだ？」

「こっちもダメっす！」

酷い有様だった。こんなことは初めてだ。

「石打漁は問題なかったのにどうしてっすかね？」

「さぁ……」

とりあえずコクーンを起動。何か原因になりそうな情報がないか調べる。

その結果――。

「分かったぞ！」

〈履歴〉を開いたことで原因が判明した。

「おお！　どうしてっすか？」

「横取りだ！」

「えっ」

「俺たちのペットボトルトラップでポイントを稼いだ馬鹿どもがいる！」

「馬鹿どもって、もしかして……」

「そう、栗原たちだ」

〈履歴〉には栗原ギルドの犯行が鮮明に記録されていた。俺の作ったペットボトルトラップで奴等がポイントを獲得していたのだ。

「グルチャでペットボトルトラップのことを話した瞬間にこれか」

金策に悩んでいる人の助けになればと思って教えたことが裏目に出た。

栗原は思ったのだろう。チマチマ作るより奪うほうが手っ取り早い、と。

「人の善意を踏みにじるなんて人間の沙汰とは思えないっす！」

「全くだ！　許せねぇよ！」

温厚な性格だと自認している俺だが、流石に腹が立った。

【無意味な糾弾】

栗原の悪行にいよいよブチ切れた俺。

そんな俺がすることといえば、単身で栗原のギルドに乗り込み、奴のギルドメンバーを片っ端からボコボコにしたあと、奴のドレッドヘアを鷲掴みにして洞窟の壁に叩きつけ、連中に土下座させる——ことではない。

それができれば苦労しないが、できないので別の手段をとった。

『栗原のギルドが俺たちのペットボトルトラップを横取りしやがった！』

グループチャットで糾弾したのだ。奴等の行為を晒し、こんな横暴は許せないと主張。

すぐに何名かの生徒が栗原たちを批難した。

対する栗原も黙ってはいない。おそらく最初からこの展開を予想していたのだろう。いけしゃあしゃあとふざけたことを言ってのけた。

『わりぃ、何も書いていなかったので勝手にもらっていいのかと思った』

もちろん俺は「ふざけるな」と言い返す。

それに第三者が続いてくれる——はずだった。

　ところが、ここで予想だにしない展開が起きた。

　なんと〈スポ軍〉の五十嵐が栗原を擁護したのだ。「こういう時は持ちつ持たれつでいこうぜ」などと戯言を言っている。

　こういう時とは平和ウィークのことだろう。狩りができず収入が減っているから皆で協力しよう、と言いたいようだ。なんという厚かましさ。

　五十嵐の擁護はこれだけに止まらなかった。

『栗原も謝っているんだし許してやろうぜ』

　この発言に〈スポ軍〉のメンバーが続々と同意する。

　こうなると俺は追及の手を緩めるしかなかった。さもなければ俺の怒りすぎに見えてしまうからだ。汚い、あまりにも汚い。

「ありえねぇだろ、こんなの……！」

　腸が煮えくり返る思いとはまさにこのこと。だが、現時点では何もできない。

「それにしても五十嵐の奴、なんで栗原の擁護をしたんだ？」

　つい先日まで栗原と五十嵐はいがみ合っていた。合同作戦に失敗したせいで犬猿の仲になっていたのだ。

（あれは見せかけの喧嘩だったのか？）

　いや、それはありえない。二人が争っていたのは平和ウィークが始まる前だ。その時点で不仲を装うことに何のメリットもない。

ではどうして五十嵐は栗原の肩を持つのか。

不思議でならなかったが、その答えはすぐに分かった。

『お前だって俺たちの作業を妨害したくせに何言ってんだ』

五十嵐に向かってある生徒が言った。合同作戦で第三グループに所属しており、今は第三の残存戦力を束ねたギルドのマスターをしている男子だ。

「そういうことか」

五十嵐や彼の仲間も他所の食い扶持を奪っていたのだ。栗原が叩かれると自分らも巻き添えを食う恐れがあった。だから庇ったのだ。同じ穴の狢である。

「なるほど、ゴミどもめ」

俺はグループチャットを閉じた。これ以上は時間の浪費になってしまう。

「明日からどうするか……」

ペットボトルトラップは今後も使われるだろう。栗原は「何も書いていなかったから」と言っているが関係ない。

馬鹿正直に名前を書いたとしても、今度は別の言い訳が待っている。だからといって、朝っぱらからペットボトルの奪い合いなどごめんだ。

「明日よりもまず今日っすよ！　残った時間はどうするっすか？」

眉間に皺を寄せる俺と違い、燈花の表情は柔らかい。

「そうだなぁ」

うーん、と頭を抱える。

「やっぱり石打漁で荒稼ぎするしかないっすかねー?」

「それも悪くないが別の漁法を試してみよう」

「いいっすねー! 風斗の前向きなところ好きっすよ!」

「サンキューな。とりあえず近くの魚群に移動するか」

「了解っす!」

昨日の釣りによって、獲物の捕り方次第でポイントが変動すると分かった。

もしかしたら石打漁より稼げる漁があるかもしれない。

◇

新たな魚群を前に、俺はとある漁具を購入した。

漁網だ。網を引くための手綱や、沈子(ちんし)と呼ばれる錘(おもり)が付いている。

この網で魚を一網打尽にするつもりだ。

「石打漁よりも真っ当な投網漁で一山当てるぜ!」

「おー!」

「だがその前に予習だ!」

「えー!」

「仕方ないだろ、俺たちは素人だからな！」

動画サイトで漁師の講習動画を視聴する。

網を投げ込むだけの投網漁だが、これにも技術は必要だ。

『ヘタクソじゃ網を展開させるのも一苦労だぜ』

俺たちの講師である漁師の男がキザな口調で解説している。

それを参考に網の投げ方を勉強した。数分ほど。

「予習はこのくらいでいいな」

「やるっすよー！」

網を持って川辺に立つ。互いの網が絡まらないよう適当に距離をとった。

「いくぞ」

「ラジャ！」

「「せーの！」」

同時に網を投げた。

網が宙を舞いながら開いていく。

ふわっと円錐形に展開して着水した。

沈子によってするすると川の中へ沈んでいく。

「上手く開ききらなかったっす」

「思ったより難しいな、投網漁」

動画の漁師に比べて、俺たちの網は展開力に欠けていた。それなりに開いているものの、更なる高みを目指す余地がある。

「ま、一発目にしては上々だろう。あとは手綱を手繰り寄せるだけだ」

手綱は円錐状に展開した網の頂点に繋がっている。手繰り寄せることで開いた網が閉まっていく仕組みだ。

大量の魚が絡まっているので重いが、美咲の料理を食べているので問題なかった。

「風斗、大漁っすよ！」

「俺もだ！　魚群は嘘をつかないな！」

川から揚げた途端に網が軽くなった。掛かっている魚がポイントになったのだ。

すぐに〈履歴〉を確認する。

「稼ぎは釣り以上・石打漁未満といったところか。まずまずだな。悪くない」

「いやぁ、投網って疲れるっすねー！」

笑いながら額の汗を拭う燈花。首筋に流れる汗が妙に艶（なま）めかしかった。

「たしかに疲れるが安全性は高いぞ。この点は石打漁より優れている」

「安全性？　石打漁ってそんなに危険すかねぇ」

「危険だよ。川底がぬかるんでいるからな。いつ足を滑らせるか分からない」

「あー、たしかに。こけた拍子に頭を岩にぶつけたら一大事っすよね」

「溺れる危険もあるしな」

「溺れる？　膝にも満たない水深っすよ？」

「それでも溺れることはあるよ。不意に吸い込んだ水が耳に流れるとめまいを引き起こすからね。そうなったら深さや泳ぎの上手い下手は大して関係ない」

「なんと！　そうだったんすか⁉」

「むしろ泳ぎに自信のある奴ほど油断しやすいから危険だ」

雑談もそこそこに投網漁を再開し、二人で魚群を潰していく。

「見て見て風斗、私ってばもう投網マスターになったっすよ！」

「大したもんだ」

「でしょー！」

燈花は数回目にして投網のコツを摑んでいた。投げられた漁網が綺麗に展開している。

技量の向上に伴い漁獲量も増えていた。

それでも稼ぎは石打漁に劣るが、安全性を考えたら投網漁に軍配が上がる。

「風斗、一ついいっすかー？」

「ん？」

「私のこと投網で捕まえてみてっす！」

「はぁ⁉」

意味不明過ぎて大きな声が出てしまう。

「魚の気持ちを体験してみたいんすよー！」

「全く理解できないが……陸でやるならいいぞ」

「それで大丈夫っす！」

燈花は漁網を置き、砂利のひしめく川岸に寝転んだ。

「今の私は魚っすよ！　さぁいつでもどうぞっす！」

何をやってるんだかと思いつつ漁網を投げる俺。

綺麗に展開した網が仰向けの燈花を襲った。

「これでいいのか？」

「最高っす！」

燈花は「とぉ！」やら「おりゃ！」やら言いながら手足をばたつかせる。しかしそれは逆効果で、ますます網が絡まっていく。ほどなくして身動きが取れなくなってしまった。

流石にそれは辛いようで「うげげぇ」と嘆いている。

「魚の気持ちとやらはどうだ？」

「最悪っす……。風斗ぉ、助けてぇ」

「はいよ」と、絡まった網を解こうとする——が、戸惑いが生じて体が固まった。

「早く助けてっす！」

「いやぁ……」

視線が彼女の下半身に向かう。スカートが捲れ上がっていてパンツが丸見えだ。

内股の太ももをもじもじしているのも素晴らしい。

（助けたらこの眼福とお別れになってしまう……！）

「風斗ぉ！」

「待て、大事なところなんだ」

「…………」

この光景を目に焼き付けようと凝視する俺。

「こら！　風斗！　早く助けるっす！」

いよいよ苛立つ燈花。残念だがこれ以上は引き延ばせそうにない。

「分かってるって！　怪我をしないよう丁寧に解くからじっとしてろ！」

可能な限りゆっくり作業を進めた。

「いやぁ助かったっす！　ありがとうっす、風斗！」

「こちらこそありがとう」

「何が『こちらこそ』っすか？」

「気にするな」

「じゃあ気にしないっす！」

燈花は立ち上がり、上着やスカートの汚れを払い落とす。

それから自身の漁網を拾った。

「風斗、風斗」

「今度はなんだ？　鳥の気持ちを体験したいのか？」

「なはは！　それもいっすけど違うっすよ！　今度は真面目な話！」

「ほう」

「思ったんすけど、石打漁が危険なら今後は投網漁でよくないっすか？　【漁師】のレベルが上がって私にも魚群が分かるようになったし、二手に分かれて効率よく魚群を潰していけるっすよー！」

「二手に分かれたいなら今までもそうしてきたよ。チャットで魚群の座標を共有すればいいだけだから」

「ぐぁ！　その手があった！　流石は風斗！　なら明日からは手分けして投網で荒稼ぎっすね！　ペットボトルトラップがなくても問題ないっす！」

俺は「いや」と首を振った。

「それは望ましくないな」

「別行動はダメっすか？」

「ダメじゃないよ。料理より漁のほうが儲かるし、料理担当の美咲を除いた4人で漁に専念すればより稼げる」

「じゃあ何が望ましくないっすか？」

「川でがっつり稼ぐこと自体さ。ペットボトルトラップの二の舞になる」

「あ！　栗原のことっすね！」

「そうだ。奴のギルドに俺たちの漁を見せたくない」

「同感っす！」

栗原が知ったら絶対に真似してくる。

石打漁が無事だったのは知られていなかったからだ。

「これ以上、奴等にネタをパクらせるつもりはない」

「だったらどうするっすか？」

「別の金策を考えるしかないな」

「でも、それって無理じゃないっすか？　どうせバレたらパクられるし。かといって、この環境でバレても真似できない金策なんてあるっすか？」

「たしかに他所の連中が真似できなくて稼げる方法なんてものは――」

そこで言葉が止まる。電流が走り、名案が舞い降りた。

「――あるぞ！」

「えっ、あるっすか!?」

俺はもう一度「ある」と断言した。

「マジっすか！」

「どのくらい稼げるかは不明だが、バレてもパクられない方法がある！」

それはまさに天啓と言う他ない閃きだった。

【麻衣のイタズラ】

夜、俺は全力で調べていた。閃いたネタを実行するのに必要な情報を。

ベッドの上で仰向けになり、ひたすらスマホをポチポチ。

「これなら机上の空論で終わることはないな」

突発的な閃きだったが問題なく実行できそうだ。それが分かって一安心。

「かーざとぉ！」

そんな時、麻衣がやってきた。

どういう開け方をしたのか扉が絶叫していた。

「ノックしろよ！　つか、もっと優しく開けろよ！　ぶっ壊しそうな勢いじゃねぇか！」

言い終えた後、麻衣を見てドキッとした。セクシーな黒のネグリジェ姿だったからだ。

下着が透けている。あまりにもエロい。

「相変わらず破廉恥な格好をしていやがる……！」

麻衣は「破廉恥って」と吹き出した。

「ただのネグリジェに何を想像してるのさー、変態だなぁ風斗は！」

「うるせー。で、何の用だ？」

「暇だから雑談相手になってあげようと思ってね。風斗も寂しそうだし！」

麻衣は扉を閉めると、躊躇することなくベッドに入ってきた。

「お、おい、近いぞ……！」

「ふふーん」ニヤける麻衣。

「な、なんだよ？」

「風斗の反応が面白くてさ。モロ童貞って感じだから！」

「ほっとけ！　見ての通り童貞だよ俺は！」

「あはは」

俺はスマホをサイドテーブルに置き、さりげなく距離をとる。

あまり近すぎると邪な妄想に駆られて勃起するからだ。いや、既にそういう状態になっていた。幸いにも掛け布団のおかげでバレずに済んでいる。

（このままじゃまずい……！）

とりあえず話を逸らそう。

そう思った時、麻衣が掛け布団をめくった。

「うわっ！　風斗、勃ってるじゃん！」

「えっとぉ……！　これはぁ……！」

普段よりも遥かに高い声が出る。恥ずかしさから全身が熱くなって汗が噴き出した。

「勃起の表現で『股間にテントを張る』みたいなこと言うけど、これはたしかに立派なテントだわ！　ガッチガチじゃん！」

麻衣の手が股間に伸びてくる。

「さ、触るな！　お触り厳禁だ！　そこは神聖な場所！」

俺は彼女の手を払った。今の状況で軽いお触りでもあろうものならおしまいだ。テントの頂点がジュワァと滲み出す。

そんなことになれば、流石の麻衣も顔を引きつらせてドン引きだろう。

「そこまで言うなら触らないでおこう！　でも本当にいいのかい？　こんな機会は二度とないかもしれないよ？」

ニヤニヤと笑う麻衣。

俺は「うっ」と言葉を詰まらせた。

（なんという悪魔の誘惑だ……）

思わず「やっぱり考えを変えまして」などと言いそうになる。

だが、何だかんだで一線を越えることができなかった。

鋼の心で話を逸らしにかかった。

「からかうのはよせ！　ところで、暇だから俺のところに来たんだよな？」

「まぁねー。テレビを観ていたけどつまんなくてさー」

「なんだか意外だな。麻衣がテレビなんて」

「そう?」

「暇さえあればスマホを触っているイメージだ」

麻衣は「あー」と納得する。

「そういうのもいいんだけど、ちょっと気分じゃないんだよねー」

「ふむ」

どうにかムラムラが落ち着いてきた。股間のテントが消えていく。

いやはや、我ながら恐ろしい性欲だ。

「ところで風斗!」

「ん?」

「美咲に聞いたんだけど、例のドラマを一緒に観たんだって?」

「例のドラマっていうと……男子生徒と女教師の恋愛ドラマか?」

「そうそう!」

麻衣はニヤリと笑い、右手の甲で俺の頬を撫でてきた。

「めっちゃ過激だったでしょ」

「たしかにあれは凄かった。AVでも観ているのかと思ったよ」

今でも目を瞑るとドラマの光景を思い出せる。女優の喘ぎ声や感じている顔が鮮明に浮かんでくる。

「ああいうドラマを観ているとさ、ムラムラしてくるっしょ」

俺の頬を撫でていた麻衣の手が動き出す。指先で唇をなぞってきたかと思うと、今度は首筋へ。さらにそのまま下に進んでいく。

「え、ちょ、麻衣……？」

「ドラマでもこんなシーンあったよね？　一線を越えた後、今度は女教師から積極的に男子を誘うって話でさ」

麻衣が手の平で俺の胸を撫でる。大きく円を描くように、すりすりと。それによって服が上に捲れると、今度は服の中に手を入れてきた。

「おいおい、童貞をからかうのもいい加減に……」

動揺する俺。

そんな俺を見て、麻衣は「ふふふ」と妖艶な笑みを浮かべた。

「止めちゃっていいの？」

「え？」

「私の手。ここで止めちゃっていいの？」

「それは……。いや、でも……」

ニヤニヤしながら「んー？」と俺の目を見つめる麻衣。

先ほどまでエロティックな動きをしていた手が止まっている。

「えっと……マジで、その、いいの？　本当に、期待しても……」

「お？　素直になってきたねぇ！」

麻衣の手が動きを再開。ペラペラの胸板を撫で回した後、いよいよ下腹部に向かう。勃起済みの息子を避けて太ももに触れてきた。

(まさかこんな棚ぼた的に童貞を卒業でき——)

興奮が最高潮に達しようとする。

しかしその時、麻衣が手を止めた。

「はい、おしまい！」

「えぇぇぇぇ、なんで……？」

我ながら情けない声が出る。

「だってこれ以上やっちゃったら、ブレーキが利かなくなっちゃうじゃん？」

(いいじゃん！　ブレーキなんていらないだろ！　アクセル全開で行こうぜ！)

麻衣はひょいっとベッドから出た。

心の中ではそう叫んでいるのに、口から出たのは弱々しい言葉だった。

「なんでこんな非道を……」

「いやね、ドラマの真似をしたくなったんだよね。風斗に童貞煽りしておいてなんだけど私も処女なわけだしさ、どんな感じなのか興味あってね」

(ならこの機会に最後までしよう！)

と、思っていても言えないのが俺だ。

そんな俺に対し、麻衣は真顔で話し出した。

「やっぱりさー、こういうのって誘ってもらいたいんだよね」

「誘われたいのか」

「うん。だから、風斗が今日の続きをしたいって思ったら声を掛けてね」

「いいのか……？」

「承諾するかは気分次第！　でも生殺しにしたお詫びくらいはしてあげるよ！　いやそれも気分次第なんだけど！」

麻衣は「ま、そんな感じで！」と部屋を出て行った。

「生殺しにした自覚はあるんだな……」

俺は掛け布団に目を向けた。ふわふわの羽布団にもかかわらず、股間のあたりがモコッと膨らんでいる。今なお勃起していた。

「この時間じゃトイレも使えないし……またこの部屋をイカ臭くするか」

俺は扉の鍵を閉め、いつかくる童貞の卒業式を思い描きながら右手を振るう。

脳内の麻衣は、途中で止めることなく最後まで気持ちよくしてくれた。

【インフルエンサーの苦悩】

次の日。

朝食後、俺は皆を連れて手つかずの理想郷に向かっていた。

「着いたぜ！」

やってきたのは——。

「「海だぁああああああ！」」

燈花と麻衣が砂浜に向かって走っていく。

海——この場所こそ、俺の閃きであり切り札だ。

陸はペットに任せて、俺たちは海で漁をして稼ぐ。川は放棄だ。

「栗原たちは船を持っていない。邪魔される心配はないだろう」

女性陣が「おー」と感嘆する。

「所持していなくてもレンタルはできるっしょ？」

麻衣が戻ってきた。燈花も一緒だ。

「たしかに借りることは可能だ」

船のレンタル費は販売価格の5%。

最安値のスループなら10万で借りられる。自動操縦機能を搭載しても15万だ。

「じゃあ真似されるんじゃ？　簡単にペイできそうじゃん」

「たしかに真似をすることは可能だが、現実には難しいだろうな」

「なんで？」

「他の連中には俺たちが何をしているか知る術がないからね。陸地と違ってこっそり盗み見るのは不可能だ」

「作業内容を知るにも船が必要になるんだ！」

「それでも安心できないっすよ！　栗原みたいな頭のおかしい奴は船をレンタルしてやってくるかもしれないっす！」

燈花の言葉に、「あり得る」と俺は頷いた。

「しかし、そんな事態になってもやはり問題ない。相手が覗こうとしてきたら作業を止めればいいだけだ。何をしているか悟らせないようにな」

「おー、流石は風斗！　賢いっす！」

「もっとも、栗原たちは何もしてこないだろうな。奴等の拠点から海までは、マウンテンバイクを使っても片道2時間の距離だ」

「往復で4時間も費やすなら川での作業を選ぶかー」

「だな。ということで、さっそく海に出るとしよう」

スループを召喚する。最後に使った時のまんまの姿で現れた。

このままだと漁ができないため、50万で買った専用の漁具を搭載する。

めちゃくちゃ長い漁網と専用の巻き上げ機だ。機械は甲板のど真ん中に設置した。

「これから俺たちが行うのは底引き網漁だ」

「なにそれ？」と、船に乗り込む麻衣。

「網を沈めて適当に走る。すると海底付近の獲物が網に掛かるって寸法だ」

「じゃあ私たちの作業って網を沈めるだけ？」

「あとは巻き上げ機の操作だな」

「めっちゃ楽じゃん！」

「最高だろ？　上手くいけばの話だがな！」

「でも楽すぎて退屈しそうだなぁ」

「暇を持て余したら投網なり釣りなりすればいいさ」

全員の搭乗を確認したら船を動かす。最寄りの魚群を突っ切るよう走らせた。自動操縦機能が付いているので快適だ。

「そろそろ投下して大丈夫だろう」

全員で協力して漁網を沈めていく。思いのほか力仕事だった。

「船の揺れや潮の香りが厳しいな」

「酔い止めを服用しているのに船酔いしそうです……」と美咲。

「思ったんだけどさ、船を強化したほうがよくない？　明らかに積載量がオーバーしてるっしょ！　このままだと沈没してもおかしくないって！」

作業が済むと麻衣が言った。

「一理ある。人間だけでも窮屈なのに巻き上げ機を搭載しているからな」

スループの積載制限を超えているのは明らかだった。

「よし、強化しておくか」

船を買って分かったことだが、購入後に強化することが可能だ。

例えば最高速度や加速力、それに積載量を上げることができる。拡張とも言う。

船の種類を変えることも可能だ。ポイントさえあれば、この船を現代の戦艦にだってアップグレードできる。

今回は積載量を強化した。船の広さは据え置きだが効果は明白だ。強化前に比べて船体が浮いている。

「これで沈没は免れただろう」

「ついでにアップグレードして広い船にしよう！」

「それは今回の結果次第だな」

アップグレード費用は決して安くない。スループから他の船に変える場合、最低でも100万はかかる。新たな船を買うよりは安いものの、躊躇せずに払える額ではなかった。

「みんな、作業の時間だぞ」

船を停める。〈地図〉を確認すると魚群を突破していた。

「いくよー！　そりゃあ！」

麻衣が巻き上げ機のボタンを押す。

眠っていた機械が唸りを上げて回り始めた。海底の網が船に揚げられていく。

網にはたくさんの魚やカニ、貝が掛かっていた。見たことのない種類ばかりだ。川とは生態系が異なるようだが、毒々しい色合いは共通していた。

魚は船に揚がりきったタイミングでポイントになった。

単価は石打漁や投網漁よりも遥かに低いが、数は圧倒的に多かった。〈履歴〉を流し見るだけだと良し悪しは不明だ。あとで調べよう。

また、漁獲が終わると〈地図〉から現在地の魚群が消えた。同じ場所を行ったり来たりして稼ぐのは無理みたいだ。とはいえ、無数の魚群が存在しているので問題ない。

再び網を投げ入れると、新たな魚群を目指して船を走らせる。こうして魚群を潰して回るのが基本的な動きになりそうだ。

「さて、今しがた稼いだポイントを集計しよう」

数分間、皆で〈履歴〉と睨めっこする。

数の力で単価の低さをカバーできているかが焦点だ。

結果は――。

「魚群一つで約50万の稼ぎか」

「それはどうなのでしょうか？」と美咲。

「かなりいいよ」

各魚群の距離は船で約1時間。海と拠点の往来にかかる時間も考慮すると、潰せる数は日に4~5個。

これまでの傾向的に、他の魚群でも同じくらい稼げるはずなので、日に200万以上の収入が見込める。

それだけでも旨いが、利点は他にもある。

今後は今よりも作業人数を減らせるのだ。今回は全員で来たが、この程度の作業なら2~3人で事足りる。余った人員を別の作業に割り当てられるわけだ。

「底引き網漁に他の作業も加えたら毎日300万は稼げそうだ」

「300万⁉　凄ッ！　ヤバッ！」

声を弾ませる麻衣。

美咲と由香里も興奮している。

燈花は通販番組の外国人みたいに「ワオ！」と驚いた。

「想定以上だったな、底引き網漁」

「これだけ稼げるなら船のアップグレードもありえるっすね！」

「まぁな」

「船室や調理場のある船がいい！」と麻衣。

「船内キッチン……いいですね」美咲がにこりと微笑んだ。

「ただ、アップグレードする際は注意が必要だ」

「なんで？」と由香里。

「大半の船がスループより遅いからね。それに船体が大きくなれば小回りも利かなくなる。魚群間の移動に費やす時間が増えるわけだから、必然と漁の効率が下がってしまう」

女性陣は「あー」と納得した。

「とはいえ、アップグレードは前向きに検討していいだろう。いくらスループが機動性に優れているとはいえ、こうも狭いと窮屈でかなわない。スピードに不満があるなら強化すればいいわけだし」

話している間にも船は進み、新たな魚群に到着。

サクッと網を巻き上げてポイントをいただいた。

案の定、今度の収入も約50万。一つ目の魚群と似た額だ。

「次の魚群では投網漁を試したい。網を巻き上げたままの状態で行こう」

皆が同意したので、船の針路を新たな魚群に設定する。

「底引き網漁って現実でもこんなに楽なの？」

麻衣が尋ねてきた。

「今だって現実だぞ」

「そうじゃないってば！　分かっているくせに！」

俺は「分かっているよ」と笑った。彼女が言う現実とは日本のことだ。

「もちろん比べものにならないくらい大変だよ。普通の漁師は網に掛かった魚を生け簀に移す必要があるし、作業時間だってもっと長い。プロの漁師からすれば、俺たちのやっていることはおままごとの範囲にすら入らないよ」

「やっぱりそうかー」

「どうかしたのか？」

「いやね、これだけ楽なら将来は漁師になるのも悪くないかなぁなんて思ったんだよね。ほら、漁師系配信者ってやつ？　漁師自体儲かるイメージだし」

「流石に漁師を舐めすぎだろ、それは」と苦笑い。

「だよねー、あはは」

「配信者で思い出したけど、最近は撮影しなくなったな」

「私？」

「ああ。少し前は隙あらばスマホからカシャカシャ聞こえていたぞ」

初日の徘徊者戦で、麻衣は徘徊者と記念撮影を行っていた。美咲が仲間に加わってすぐの頃もそうだ。彼女の作った極上の料理にフラッシュの雨を浴びせていた。

だが、ここ数日はそういった振る舞いをしていない。心なしかスマホを弄る頻度も減っているように感じた。グループチャットに至っては、もはや俺のほうがよく見ている。

「だってもう――」

麻衣は表情を曇らせた。

「――ネットに私の居場所はなくなっちゃったから」

皆が心配そうに麻衣を見る。

「居場所がなくなったってどういうことだ？　インフルエンサーなんだから誰よりも気に掛けられているじゃないか」

「今はまだね。これからどんどん剝落していくよ」

麻衣は懐からスマホを出した。インターネットを開き、慣れた手つきで検索エンジンに文字を打ち込む。

各SNSにおけるフォロワー数の推移をまとめたサイトが表示された。

「これは……」

「私のデータ、酷いでしょ？」

麻衣のフォロワー数は日に日に減っていた。しかも減る速度が次第に激しくなっている。最初は日に数人だったのが今は100人ペース。今後はもっと減るだろう。

また、サイトには影響力という項目があった。数値化されていて、麻衣によると高いほどいいらしい。

麻衣の影響力は右肩下がりで落ち込んでいた。株で喩えるならストップ安状態だ。日を追うごとに下がる角度が増している。

「遠くない内に私はインフルエンサーじゃなくなる。ここから脱出しない限り外に情報を発信できないからね。その現実から目を逸らしたくて、スマホとは距離を置いているんだよね」

「それで撮影もしなくなったのか」

「うん」

麻衣の目に涙が浮かぶ。俺たちの前では元気に振る舞っていたけれど、本当は転移した時から思い詰めていたのだろう。全く気づかなかった。

正直、俺には麻衣の気持ちが今ひとつ理解できない。インフルエンサーにどれほどの価値があるのか分からないからだ。ただ、それが彼女にとって大事だということは分かる。

「ずっと辛かったんだな」

俺は麻衣を抱きしめ、背中をさする。

麻衣は頷き、俺の胸で静かに泣いた。

「ごめんな、カメラの話なんかしちゃって」

「いいよ、私こそごめん。泣くなんてダサいよね」

「まぁな」

「そこは『まぁな』じゃなくて『そんなことない』でしょ」

麻衣は顔を伏せたまま俺の胸を小突いた。

表情は見えないが、笑っていることは分かる。

だから俺は、笑みを浮かべてもう一度言った。

「まぁな」

【船の所有権】

海の投網漁は過去最高の収益をもたらしてくれた。

魚群一つで約100万pt。底引き網漁の倍に相当する。

ただし欠点があった。

とてつもなく過酷なことだ。美咲の料理による一時的な肉体強化効果があっても1回でクタクタになる。川の投網漁も大変だったが、海はその比ではなかった。

「今後は底引き網漁で稼ぎつつ、投網漁で軽くブーストする形になりそうだな」

全員が賛成した。

「十分稼いだし、少し早いが今日は戻るとしよう」

腹が減った、とお腹をさする俺。

「漁で稼ぐなら一日仕事になるし、今後はお昼を抜くことになるっすかね？」

「適当に買って船の上で食えばいいんじゃないか」

「あー、コクーンで食べ物が買えたっすね！　すっかり忘れていたっすよ！」

海の欠点を挙げるとすればメシだ。皆で集まって昼ご飯を食べられない。

「私でよろしければお弁当をお作りいたしますよ」と美咲。

「「なら弁当で！」」

俺と燈花は口を揃えて言った。

◇

船が島に向かっている間、各々で好きなように過ごしていた。といっても、俺も含めて全員がスマホを弄っている。

俺以外のスマホからは音が漏れていた。皆は何かしらの動画を観ているようだ。

一方、俺はXに要望を出していた。船をギルドの所有物にしたい、と。現在は俺個人の所有物として登録されている。

そのため、現状では俺しか船を扱えない。これは何かと不便だ。俺が死ねば船も消えるし、体調が悪い時は海に出られない。

ギルドの所有物になればそういった問題が解決する。

対するXの反応は――特になし。うんともすんとも言わない。

ゼネラル徘徊者の討伐報酬でゴネた時は光の速さで対応したのに。

今回が普通であって前回が異常だったのだろう。

待っていても仕方ないので〈履歴〉を開く。ログを遡ると、案の定、ペットボトルトラップが無断で使われていた。今回も栗原たちの仕業だ。

『昨日注意しただろ、俺たちのペットボトルを勝手に使うな』

グループチャットで抗議する。

栗原は適当に流し、五十嵐が「持ちつ持たれつ」と擁護。まるで昨日の再現だ。

だが、昨日と違って今日は食い下がった。

『何が持ちつ持たれつだ！』

『人を殺そうとしておいて都合のいいことを言うな！』

『俺たちのポイントを返せ！　この盗人（ぬすっと）野郎ども！』

徹底的に苦情をぶつける。皆にどう思われようが気にしない。

「風斗、珍しく怒ってるじゃん」

麻衣が驚いたように顔を上げた。他の女性陣もこちらを見る。

「そんな風に見えるだろ？」

ふふふ、と笑う俺。

「どう見ても怒っているっすよ！」と燈花。

「そこまで怒らなくてもいいんじゃない？　海で楽に荒稼ぎできるんだし。そりゃあ、私らがシコシコ作ったペットボトルトラップを勝手に使われるのはむかつくけどさ。揉めてもいいことないじゃん？」

麻衣の意見に女性陣が頷く。

「分かっていないなぁ！　君たちは！」

「え、何が？」

「海で荒稼ぎできるからこそ怒っておく必要があるんだよ」

皆は首を傾げている。

「ペットボトルトラップを奪われてお金に困っている風に振る舞っておけば、奴等は俺たちが海で楽に稼いでいるとは思わないだろ？」

「まぁね」

「むしろ『ざまぁみろ』とほくそ笑む可能性すらある」

「ありえる！　風斗を殺そうとしたくらいだし！」

「そうやって油断させておいて、その隙に俺たちはドカッと稼ぐわけだ。平和ウィークが終わった頃には資金力の差がやばいことになっているだろう。数十万・数百万……いや、それ以上の開きがあってもおかしくない」

「凄ッ！　最後に笑うのは私らじゃん！」

「そういうこった」

沿岸漁業の稼ぎは俺の想像を超えていた。

このことが知られたら大量の模倣者が出るだろう。

そうなれば今のように効率よく魚群を潰すのは難しくなる。

「自慢したいかもしれないが、海の漁は俺たちだけの秘密にしよう」

「もち！」

とはいえ、いずれバレるだろう。完全に隠し通すというのはどうやっても不可能だ。

だから、それまでの間に稼げるだけ稼いでおくとしよう。

「おっ？」

ピロロンッとスマホが鳴った。

確認するまでもなくXからのお知らせだと分かる。

女性陣のスマホも一斉に鳴ったからだ。


【仕様変更のお知らせ】

船の所有権を「個人」から「ギルド」へ変更できるようにしました。


俺の要望が通ったようだ。

「これで俺が体調不良に陥っても底引き網漁をできる」

「この島で体調不良とかありえないっしょ！　薬があるんだし！」

麻衣は強壮薬を召喚して飲むか尋ねてきた。

俺が断ると、彼女は迷うことなく自分で飲んだ。

「くぅ！　元気が漲（みなぎ）ってきたぁ！」

「いっすねー！　私も飲もうっと！」

燈花も躊躇なく強壮薬を飲んだ。

「二人は恐れ知らずだな」

「そんなことないっすよー。風斗はビビり過ぎ！　副作用とかないっすよ？」

「怖いのは副作用より依存症だ」

「あー、たしかに。効果が凄いから油断すると依存しかねないっすね」

「じゃあ私やばいじゃん！　既に依存症みたいなもんだよ！　今日だって生理のだるさを吹き飛ばすのに飲んだし！　さっきノリで飲んだのも含めると一日で2回も手を出しちゃったよ！　ていうかノリで飲むとかやばいな私！」

「いや生理なら強壮薬なんかに頼らず休めよ！　それと俺に向かって恥じらいもなく生理って言うのはどうなんだ。これでも男なんだが？」

「別にいーじゃん！　他に男子がいるわけでもないんだしさ！　それより、コクーンの薬って本当にすごいよ！　生理のだるさや痛さが一瞬で消えるんだもん！　風斗は男だから分からないと思うけど、これ本当にやばいことだよ！」

鼻息を荒くして捲し立てる麻衣。

いつの間にかテーマが「体調不良」から「生理」に変わっていた。

「本当にそれほどの効果があるのですか、麻衣さん」

食いついたのは美咲だ。由香里と燈花も興味を示している。

「本当！　美咲も試したら？　いいよー！　本当にいい！　日本でも売って欲しいよ！

あったら絶対にノーベル賞もんだよ！　オスカーだっていける！」

オスカーは映画だろ……と思ったが、話の脱線具合が酷いので黙っておいた。

（マジで島からの脱出以外には柔軟に対応しやがるのな、Xの奴）

船の隅に移動してスマホを操作する。

忘れる前に船の所有権をギルドに移しておいた。

（Xは俺たちをこの島に閉じ込めて何をしたいんだ）

暇なので考えてみる――が、相変わらず答えは謎のままだった。

俺たちを使って何かの実験をしているのは間違いないが、それが何かは見当も付かない。

相手の目的が分かれば大きな前進になるというのに。

暇つぶしに〈要望〉で尋ねてみた。

俺たちをこの島に閉じ込める目的を教えてくれ、と。

驚くことに送信できたが、思った通り返答はなかった。

【初めての休日】

夕食後の雑談が終わり、俺は自室に籠もっていた。風呂の順番待ちだ。

早いもので平和ウィークも3日目が終わろうとしていた。

「やっぱり平和が一番だなぁ」

ベッドに寝そべってスマホを弄る。一通りネットサーフィンを済ませるとグループチャットを開いた。

チャットの雰囲気はわりと穏やかだ。転移後に誰々が交際を始めただの、逆に破局しただの、話題の大半をどうでもいい恋愛トークが占めている。

そんな中、「おっ」と目を引く話題があった。

この島の天気についてだ。

今まで一度も雨が降っていない。10日連続で絶好の洗濯日和が続いていた。

これは不思議なことだ。

日本では1年の約12％——1割強の割合で雨が降っている。言い換えると年間45日前後が雨ということ。

そう考えると、これだけ晴天が続いているのはおかしい。

だが、これは雨の日が均等に訪れる場合の話だ。実際は梅雨の時期みたいに雨天が続くこともある。故に10日連続で晴れていても異常気象とは言えない。

不思議議には思うが、本来であればただそれだけのこと。

しかし、今回は事情が異なっていた。

現在、日本全土が大雨に見舞われているのだ。北海道から沖縄まで漏れなく大雨で、一部の地域では警報まで出ている。この島が存在するはずの駿河湾も当然ながら雨だ。それも降水確率１００％の揺るぎない大雨である。

では、どうしてこの島は晴れているのか。

仮説という名の妄想が盛大に飛び交った。真面目な説からふざけた説まで色々と提唱され、議論という名の雑談が盛り上がった。

――が、答えを知る術がないので盛り下がるのも早かった。

『パラレルワールドの駿河湾は晴れているのさ』

誰かがこう言って話を締めた。

ほどなくして他の話題も終了し、グループチャットが静寂に包まれた。おそらく今、数十・数百人が次の話題を待っている。

その静寂を破ったのは俺――ではなく教師の増田（ますだ）だ。学校で物理を教えている理科教師の男である。

『今後も雨が降らない可能性は大いに考えられるが、一方で突如として暴風雨に見舞われて何日も外で活動できない日が続く可能性もある。そういった事態に備えて行動しよう』

もっともな意見だ。

多くの生徒が「了解」などのスタンプで反応する。俺もそれに倣った。

「増田か……」

俺と同じく、増田も転移前まで目立たないタイプだった。チャットアプリのプロフィールアイコンは今も初期状態のままだ。これまで縁がなかったのだろう。それが今では屈指の発言力を誇っていた。

検証班の集うギルド〈サイエンス〉のマスターだからだ。

転移して間もない頃、検証班と呼ばれる集団はいくつかあった。しかし徘徊者戦などを理由に統廃合が繰り返され、今は〈サイエンス〉しか残っていない。ギルドマスターの増田は有益な情報の発信源として信頼されていた。

ただ、最近は検証班に関係なく増田の存在感が増している。〈サイエンス〉のメンバー数が他の追随を許さぬ多さに膨らんだからだ。現時点で150人以上が在籍している。

検証班の集合体だったのは過去の話で、今は検証班も所属しているマンモスギルドだ。

「これだけ規模を急拡大しても平気なのは教師の強みか」

人が人を呼ぶ状態の〈サイエンス〉。

人気の理由は教師が統治することの安心感にあった。増田の他にも10人以上の教師が在籍しており、それらの教師が協力して生徒を束ねているのだ。

また、秩序を維持するためにルールを設けているのも大きい。違反すれば追放処分などの重い罰則がある。生徒だけでなく教師にも適用されるため、大人だからといって好き勝手に振る舞うことはできない。

平和ウィークを機に〈サイエンス〉の在籍人数は急激に増えた。これまで距離の都合で合流できなかった連中が動いているからだ。

その勢いは今も続いており、そう遠くない内に２００人を突破するだろう。

〈サイエンス〉との合流を目指すギルドの中には、合同作戦でともに戦ったギルドも含まれていた。当時「第三グループ」と呼ばれていた連中だ。今朝から〈サイエンス〉の拠点に向かっているという。

第三グループと〈サイエンス〉の拠点は直線距離ですら２００キロ以上も離れている。彼らの拠点は島の東側にあるが、〈サイエンス〉の拠点があるのは西側だ。

この距離を一日で走破することはできない。そのため合流までに二度の野宿を挟むそうだ。徘徊者や魔物が出ない平和ウィーク中だからこその荒業である。

「どこもかしこも規模を大きくしようと躍起になっているな」

〈サイエンス〉以外にもギルドを合体する動きがあった。むしろそういう動きを見せているギルドのほうが多い。少人数なのに平然と過ごしているのは俺たちくらいだ。

平和ウィーク前にあったギルドの数は約20個。

平和ウィーク後には半分の10個、もしかするとそれ以下にまで減っていそうだ。

◇

次の日。

朝食後、麻衣が席に着いたまま「よーし!」と両手を上げた。

「今日も海で稼ぐぞー! がんがん稼ぐぞー! 目指せ大富豪!」

燈花が「おー!」と続く。

美咲と由香里もやる気に満ちている。

だが、俺は「いや」と首を振った。

「今日は休みにしよう」

「休み!? 風斗、疲れているの? 薬でも飲む?」

「大丈夫だ」

「ならどうしてさ?」

「土曜日だからだ」

今日まで働き詰めだった。

「平和ウィークの土日くらいは休んでもいいだろう」

「じゃあ今日は初の休日ってわけだ!?」

「念のために言っておくと明日も休みだぞ」

「2日も休んで大丈夫？　同業者が増える前に稼ぎまくろうって話だったのに！」

「そうだけど休める間に休んでおきたい」

「まぁ風斗はちょっと働き過ぎだしねぇ。一人だけ休むってタイプでもないし、こういうタイミングじゃないと休まないかぁ」

「よく分かっているじゃないか、俺のこと」

「まぁねー！　じゃ、今日は部屋に籠もってゲームするぞー！」

「いっすねー！　私も付き合うっす！」

「ならビーペックスやろうよ！　知ってる？　敵をバンバン撃つやつ！」

「いっすけど、それってネトゲなんじゃ？　できるんすか？」

「遊ぶだけなら大丈夫！　通話やチャットは使えないけどねん」

「おー！　そうだったんすかー！　知らなかったっす！」

「ふっふっふ」

麻衣と燈花は早くも今日の予定を決めていた。

「風斗君、私も今日はお食事をご用意しなくて大丈夫でしょうか？」

「もちろん。むしろ朝ご飯を作らせてすまなかった」

「いえいえ。では、私はジョーイとお散歩に行ってきます」

「ついでにタロウとコロクもお願いっすー！」

「お任せください」

美咲はペットを連れて洞窟の外へ。

麻衣と燈花は意気揚々と奥に消えていく。

残ったのは俺と由香里、あとハヤブサのルーシーだけだ。

(俺も部屋に籠もって惰眠を貪るとするか)

と思った時だ。由香里が俺の服を摑んできた。

「風斗は何する予定?」

「特に何も考えていないが」

「じゃ、じゃあ、その、い、一緒、一緒に……」

由香里が何か言おうとしている。いつもより顔が赤い。

「一緒に何かしたいのか?」

由香里は恥ずかしそうにコクコクと頷いた。人を誘うことに慣れていないのだろう。俺も同類だから気持ちは分かる。

「かまわないけど何をしたいの?」

「…………」

由香里はしばらく黙考し、それから言った。

「…………分からない」

ズコーッと転けてしまう。

「一緒に何かしたいけど、何がしたいかは分からないのか!?」

「ごめん」

「謝る必要はないよ。じゃあ、何をするか一緒に考えよう」

「うん!」

由香里の口角が上がった——が、沈黙が続くと再び下がり始めた。

(何も閃かねぇ)

必死に考えるが、何をするべきか分からない。

結局、俺は当たり障りのない無難な案を口にした。

「チャリでぶらっとするか?」

言った後で「ろくろ回しのほうがマシだったか」と後悔。

しかし、そんなことはなかった。

「する!」

由香里が良い反応を示したのだ。

眉間に皺を寄せられると思ったので驚いた。

「なら決定だ」

「うん!」

俺たちはマウンテンバイクをレンタルした。

「よし、ヘルメットは被ったな?」

「被っていない」

「じゃあヘルメットは被らなくてもいい！　出発だ！」

【弓道入門】

俺と由香里は西に向かった。

目的地はない。ただひたすらに西を目指す。

これといった会話もせず、黙々とペダルを漕ぎ続ける。

……と思いきや、由香里が話しかけてきた。

「風斗、いい？」

「ん？」

「なんでマウンテンバイクを買わないの？」

「買うと5万もするし、壊れたら嫌だから雑に扱えないだろ？ それにレンタル代は1，000ｐｔと安い。買ってから50日以上使わない限りレンタルのほうがお得なんだ」

「なるほど」

「ま、それは建前なんだけどね」

「そうなの？ 本音は？」

「購入するという選択肢を今まで忘れていた」

由香里は「ふふ」と小さく笑った。二人きりだからか、普段よりも表情が豊かに感じた。

「ポイントに余裕があるし買うのもありかもなぁ」

船と同じくマウンテンバイクも購入後に拡張できる。修復機能もあるため、仮に壊れたとしても格安で修理可能だ。異次元に収納することもできる。

「島での生活が長くなりそうだから買って損はないと思う」

「たしかに。購入するかどうかは要検討だな」

マウンテンバイクの話を打ち切り、俺は前を指した。

「川があるぞ、休んでいこう」

「分かった」

川岸に自転車を停めて〈地図〉を確認する。燈花の拠点にほど近い場所だった。

「こんなところに川があったとはな」

小川と呼ぶことすら躊躇(ためら)うほどの小さな川だ。川幅は3メートルすらない。〈地図〉で見るには縮尺率を調整する必要があった。

ただし油断は禁物だ。流れが速くて深さもある。横断するのは危険だ。

「ほんとこの島は木と海と川と稀(まれ)に草原しかねぇな!」

召喚した大きな岩に腰を下ろす。

「田舎みたい」

由香里は俺の隣に座った。

ルーシーは由香里の肩に乗ったまま微動だにしない。

「都会が羨ましいぜ」

「風斗は田舎が嫌い？」

「嫌いじゃないけど退屈だからなぁ」

「たしかに、そうだね」

そこで会話が終わる。コミュニケーション能力の低い者同士ならではの展開だ。

「あ、そうだ」

由香里が何やら閃いた。

「風斗、面白いの見たい？」

「もちろん見たい。面白いことは大好きだ」

由香里は「分かった」と頷き、ルーシーの足を指で叩いた。

「ルーシー、お願い」

「キィーッ！」

これまで大人しかったルーシーが動き出した。

翼を羽ばたかせて飛び立つと、一直線に川へ突っ込んだ。

鉤爪がポチャッと川に浸かる。

「キィ！」

鳴きながら浮上するルーシー。

鉤爪を見ると川魚を捕らえていた。ハヤブサの名に相応しい早業だ。

「おー！　すげぇな！」

感心していると魚が水晶玉に変わった。

「キュイ！」

ルーシーが由香里の手に水晶玉を置く。

すると水晶玉は消えて、由香里にポイントが入った。

「ルーシーはそうやってアイテムを手に入れていたのか」

「面白いよね」

「うむ」

その後もルーシーは水晶玉をたくさん回収した。

テンポが良いので見ていて気持ちいい。

何度目かの回収時に、由香里が竹製のバスケットを召喚した。

新たな水晶玉はそこへ放り込まれていく。これまでと違って消えることなく積み上げられている。1個、また1個……あっという間に玉で埋まっていく。

「人が触るまでポイントにならないのか」

「うん、見てて」

由香里がバスケットを持ち上げると、中の水晶玉が一斉に消えた。

「おお！　効率的な回収法だ」

「でしょ」

それを見ていて、ふと思い出した。彼女に尋ねたかったことを。

「全く関係ない話なんだけど、一つ質問していい？」

「いいよ。なに？」

「栗原たちがリヴァイアサン戦で使っていた竹の和弓なんだけど、あれって由香里が作り方を教えたの？」

「そうだよ」

「やっぱりそうだったか」

些事もいいところだが、気になっていたことが分かって気持ちいい。

「風斗も弓を作りたいの？」

「いや、思い出したから尋ねただけだったが……そう言われると作ってみたいな」

「なら教えてあげる」

「サンキュー」

いいよ、と微笑む由香里。照れている様子が窺える笑顔だ。

(こういうのっていいよなぁ)

青春を謳歌しているような錯覚に陥る。

「作り方だけど――」

由香里が弓の製法を教えてくれた。

その方法は俺が想像していたよりも簡単だった。

コクーンの加工機能で完結するからだ。

弓の形に加工した竹材を購入し、そこに弦を張るだけでいい。

矢も同じような要領で作ることができる。

結果、ものの2分足らずで完成した。

「できたぞ！」

「上手」と、拍手する由香里。

「上手も下手もない気がするが……とにかく試し撃ちがしたい！」

できたてほやほやの弓に矢を番(つが)えようとする。

「待って風斗。素手のまま矢を射るのはダメ」

「そうなのか？　由香里はいつも素手じゃないか」

もっと言えば栗原たちも素手だった。

「私は慣れているから平気だけど、風斗は弓具を着けたほうがいい」

「弓具？　専用のグローブでもあるのか？」

ふざけて言ったつもりだったが、由香里は「あるよ」と頷いた。

「ゆがけって言うの」

〈ショップ〉で調べると、たしかにゆがけなる物が存在していた。鹿革で作られた弓道用の手袋だ。商品説明によると、特殊な加工をしているため下掛けが不要らしい。

「なぁ由香里、この下掛けってなんだ？」

「下掛けはゆがけの下に巻く薄い生地のこと。ゆがけを汗から守るの」

「商品説明に下掛け不要って書いてあるけど、それでも下掛けは買った方がいいのか？」

「買わなくていいと思うけど……下掛けが不要なゆがけなんて聞いたことない」

「なら買っておくか」

適当なゆがけと下掛けを購入する。

由香里に教わりながら下掛けを巻き、ゆがけを挿した。

「なんでグローブは『はめる』なのに、ゆがけは『挿す』って言うんだ？」

「分からない。考えたことなかった。風斗は面白いことに気づくね」

「普通は気になるものじゃないか？」

「私は普通じゃないのかも」

弓矢の製作以降、由香里の口数が明らかに増えていた。よく笑っていて楽しそうだ。

そんな彼女を見ていると俺も嬉しい気持ちになった。

「それじゃ矢を射るぜ！　狙いはあの木だ！」

川の向こう——約５メートル前方の木を指す。太い木なのでまず当たるだろう。

「いくぞ！」

息を止め、弓を引いて狙いを定める。

「見えた！　そりゃあ！」

ふんっ、と矢から手を離す。

完璧なフォームから完璧な矢が放たれる――はずだった。

「なんじゃこりゃあ!?」

矢は放たれるなりヘナヘナと川に沈んだ。

リヴァイアサン戦で無力だった栗原ギルドの有象無象よりも酷い。

「惜しかった」

「惜しかったぁ!?」

「うん、もう少しで川を越えられそうだった」

「いやいや、狙いは川の向こうにある木だぞ。つーかこの程度の川すら越えられないのは論外だろ。ゆがけを挿してもこの有様とか情けないぜ」

しばしば忘れるが、俺は運動能力の低い雑魚だ。超人的な力があるわけでも、ましてや天性の才能があるわけでもない。ふとしたきっかけで己の無能さを痛感して悲しくなる。

「最初はそんなものだよ」

「そうかなぁ。センスがなさ過ぎるように思えたが」

「そんなことないよ、教えてあげる」

由香里の弓道指導が始まった。

構え方や力の入れ方など細かく指示される。

「最初は仰角をもう少し上げたほうがいいと思う」

「仰角ってなんだ？　矢の発射角度か？」

「そうそう」

「焼き肉屋の名前かと思ったぜ」

「それはぎゅ……って、真面目にして」

由香里が「もう」と俺の尻を叩く。

叩いた後、彼女は恥ずかしそうに顔を赤くした。

「ごめん、私、興奮し過ぎちゃった」

「謝る必要はないだろ」

由香里を笑わすため、俺は弓を真上に向けた。

「仰角はこのくらいが適切か？」

由香里は「ぷっ」と吹き出した。

思惑通りウケたようで俺も笑顔になる。

「もう少し下げたほうがいいよ」

「このくらい？」

「ううん、それは下げすぎ。もうちょっと上」

「なかなかシビアだな……。このくらいか？」

「んー」

しびれを切らした由香里が近づいてきた。

後ろから体を密着させて仰角を調整する。

「これくらいかな」

耳元で囁（ささや）く由香里。吐息が耳にかかってくすぐったい。

（機嫌がいいのは結構だが近すぎるって！）

射的そっちのけで邪な妄想に駆られてしまう。いかんいかん。落ち着け童貞。

「やってみて」

「おう！」

俺は由香里を信じて矢を放った。彼女の密着指導に間違いはないはずだ。

結果は——大成功。

矢は川を越えて木に命中した。

威力が弱くて刺さらなかったが問題ない。命中したのだから。

「よっしゃあ！」

「すごい、風斗。上手だよ、センスある」

「由香里の教え方が上手いからだって！　もっと教えてくれ！」

「いいよ。風斗が弓道に興味を持ってくれて嬉しい」

その後も、弓矢で遊んだり自転車でぶらぶらしたりして過ごした。

【酪農デビュー】

転移12日目の朝――。

「やっぱり一日1回は美咲の作った料理を食べないとな！」

「分かるー！　美味しいだけじゃなくて体が軽くなるし！」

「最高っすよねー！」

「美咲さんの料理、素晴らしいです」

俺たちは、いつものように美咲の料理を食べていた。

「わるいな、休みなのに朝ご飯を作ってくれだなんてワガママを言って」

「いえいえ、お役に立てて嬉しいですよ」

「安心して美咲！　食器は風斗が洗うから！」

「俺かよ！　別にいいけど、じゃあ麻衣はトイレ掃除しろよ」

「無理でーす。なんたって今日は忙しいのでねー！」

「忙しい？　何をする予定なんだ？」

麻衣は「ふっふっふ」と怪しげな笑みを浮かべた。

「ずばり酪農！」

「酪農ってアレっすか！　牛乳とか作るやつ！」

「そうそう！　それこそまさに酪農！」

「にしても唐突だな。今まで麻衣の口から酪農の『ら』の字も出たことがなかったと思うけど」

「美咲にはジョーイ、由香里にはルーシー、燈花にはタロウとコロクがいるでしょ？　いよいよ私もペットを飼う時が来たと思うんですよねぇ！」

「それは前から言っていたな、ペットを飼いたいって」

そもそも最初にペットの話を始めたのは麻衣だ。

「てなわけで！　私、乳牛を飼います！　誰がなんと言おうが飼う！」

「誰も何も言わないよ。飼いたいなら飼えばいいんじゃないか」

「え、マジ？」

麻衣は目をパチクリさせて俺を見る。

「だって乳牛は安いからな。本体代10万に餌代1万だろ？　しかも作業をしっかりしていれば黒字になることが判明している」

乳牛を含む生産タイプの仕様は既に解明されている。〈サイエンス〉の増田が数日前に情報を発信していた。

乳牛の場合、搾乳するたびにポイントが発生する仕様だ。獲得できるポイントの多寡(たか)は搾乳量と搾乳方法で決まる。搾乳量の上限は一日30リットルで個体差はない。

稼ぎは地味だが安定している。ペットボトルトラップみたいなものだ。人数の多い〈サイエンス〉では、酪農がメインの収入源になっていた。

「飼っていいなら最初から言ってよぉ！」

「むしろ何でダメだと思ったんだ？」

「うっ……！　そう言われると反論できない……！」

麻衣は「とにかく！」と話を進めた。

「今日は麻衣レンジャーズ初の生産タイプだから！」

「麻衣レンジャーズってなんだよ……」

こうして、我がチームでも乳牛が導入されることになった。

◇

朝食後、皆で洞窟の外に出た。

麻衣が尋常ではない速度でスマホを操作して乳牛を購入する。

「いでよ！　私の可愛い乳牛ちゃん！」

彼女がポチッとスマホをタップすると――。

「モー♪」

乳牛が召喚された。白と黒の斑模様が特徴的なイメージ通りのホルスタイン種だ。

「可愛いっすねー!」

「牛もいい」

さっそく乳牛を撫でまくる燈花と由香里。

「で、家畜にも名前を付けるのか?」

これは不適切な発言だった。

「家畜ぅ?」

麻衣がギロリと睨んでくる。他の女性陣も眉間に皺を寄せていた。

「ほ、ほら、乳牛って家畜だろ? 誤解がないように言うとだな、愛玩動物、そう、ジョーイもそうだ! ジョーイも家畜! タロウやコロクも家畜! みんな家畜になるんだ! た、たた、他意はないよ、本当さ! ハハハ! やだなぁ!」

慌てて言い繕うが時既に遅し。

「風斗君、ペットを家畜と呼ぶのは好ましくありませんね」

「家畜じゃなくて家族」

「そっすよ! 家族っすよ!」

「風斗、何か言うことはー?」と、麻衣がニヤリ。

「すんませんでした……」

「よろしい! で、名前だけど『ウシ君』にしようと思う!」

「ウシ君⁉　正気かよ」

「なに？　おかしいって言いたいの？」

「そらおかしいだろ。当然ながら乳牛はメスだぞ」

俺は「おかしいよな？」と、他の女性陣に目を向ける。この点に関しては自分の意見が正しいという絶対的な自信があった。

「たしかに女の子に君付けは違和感があるかもしれません」

美咲が言うと、燈花と由香里も同意した。

「えー、でもウシ君にするって決めちゃったしなぁ」

「麻衣がそれでいいならかまわないが」

「じゃあウシ君で決定！」

かくして乳牛の名前がウシ君に決まった。

「ウシ子さんでもよかったんじゃないっすかね？」

決まった後で燈花が言う。

「あっ……」

固まる麻衣。顔に「そっちのほうがいいじゃん」と書いてある。

――が、彼女は首を振って打ち消した。

「ウシ君にするの！　よろしくね、ウシ君！」

麻衣がウシ君の頭を撫でる。

ウシ君は嬉しそうに「モー」と鳴いた。

◇

皆で代わる代わるウシ君と触れあうこと小一時間。

いよいよ搾乳の時間がやってきた。

「たくさん搾ってあげるからねー！」

「モー♪」

麻衣は購入したバケツをウシ君の体の下に設置。

大きな牛の乳首を掴み、バケツに向かってギュッと搾るが——。

「なんかお乳の量が少なくない⁉」

乳の出が明らかによろしくなかった。

それなりに出ているのだが、想像したほどの勢いがない。

「テレビで観た乳搾りはもっとブシャーって出ていたっすよ」

「麻衣のことが嫌いなのでは？」

「そんなわけないでしょー！　なんてこと言うの由香里！」

由香里は「ふふ」と小さく笑った。

「きっと正しい搾り方ってのがあるのだろう」

スマホで調べると大量のサイトがヒットした。

「まずは親指と人差し指で輪を作るそうだ」

「こんな感じ？」と麻衣。

「そうそう。で、その輪で乳首の根元を圧迫する」

「やったよ。次は？」

「中指から薬指、小指へ順に搾っていく」

言われた通りにする麻衣。

すると、生乳が激しい勢いで放出された。

まさに俺たちがイメージしていたものだ。

「「「おお！」」」

女性陣から歓声が上がる。

心なしかウシ君も気持ちよさそうだ。

「私もやっていいっすか？」

「麻衣、私も」

「よろしければ私にも体験させてください」

「いいよいいよ！　皆で搾っちゃお！」

ウシ君に群がる女性陣。

誰かが搾乳するたび、他の3人がキャーキャー盛り上がる。

「風斗もやってみなよ！」

いよいよ待機中の俺に声が掛かる。

この展開を見越して、俺は待っている間に備えておいた。

「わるいが俺は手搾りなんてアナログなことはしないぜ」

スマホをポチッと押して電動の搾乳機を召喚。

「見せてやろう、文明の利器ってやつを！」

女性陣が啞然とする中、ウシ君の乳首に機械を装着。

取扱説明書に従って問題ないかを確認し、搾乳機のボタンを押す。

機械は重低音で唸りながら搾乳を開始した。

手搾りよりも効率的で、あっという間に専用のタンクが満たされていく。

女性陣はポカンと口を開けたまま眺めていた。

「ふっ、こんなものか」

頃合いを見計らって機械を止める。

「うははは！　どうだ！　これが搾乳機の力だ！」

対する女性陣は「搾乳機ヤバ！」と大興奮——するはずだった。

だが、現実にはそうならず、呆れ果てていた。

「自分の手でやるのがいいんじゃん！　風斗は盆栽を楽しめないタイプだなぁ！」

麻衣のセリフだが、それが女性陣の総意だった。他の3人が頷いている。

「そんなこと言いつつ、どうせすぐに搾乳機を使うようになるぜ！　俺には分かる！　間違いねぇ！　その時に手の平を返しても遅いからな！」

不貞腐れた俺は捨て台詞を吐き、ウシ君の体を撫でるのだった。

【牛乳の作り方】

その後も女性陣は搾乳に明け暮れていた。

ウシ君の乳を搾っては愉快気な声を上げている。何がそこまで楽しいのか分からないが、ウシ君も嬉しそうなので、「楽しければそれでオッケーです！」といった感じだ。

一方、俺は彼女らから少し離れたところでスマホをポチポチ。搾乳機による搾乳でどれだけ稼げたかを調べていた。

結果は約2リットルで約3，600pt。スキル【調教師】の補正効果を含めた数字だ。

俺の【調教師】レベルは18。よって補正は+180％。

つまり、補正抜きだと約1，300ptの稼ぎになる。単独作業なので相棒ブーストは発生していない。

「増田先生の情報と合致しているな」

1頭の乳牛から得られる乳の量は一日30リットル。これを全て機械で搾乳した場合の収入は2万pt。手搾りだと1・5倍の3万ptになる。

スキル補正も考慮すると搾乳機で十分だろう。

（これだけ稼げて、しかも拠点内で完結するので他所の妨害や天候の影響を受けない。〈サイエンス〉が酪農をメインの収入源にするのも頷けるな）

おそらく他所のギルドも酪農の導入を進めているはずだ。

次はグループチャットを開いた。

ちょうど〈サイエンス〉の生徒が話している。〈サイエンス〉がいかに素晴らしいギルドなのか力説していた。

「ほぉ」

無意識に言葉が漏れ、口角が上がる。説明を読んでいて面白いと感じることがあった。

最大のアピールポイントが「授業がある」ということだ。

〈サイエンス〉では教師陣が授業を行っている。参加は自由なので、嫌ならサボってゲームに耽ってもいい。

にもかかわらず、ほぼ全ての生徒が自主的に参加しているという。受験を控えた3年生だけでなく、1年や2年の生徒まで積極的らしい。

日本ならありえないことだ。好き好んで授業を受けに行く奴など少数派だった。

それなのに、どうして授業が人気を博しているのか。

理由は一つ——授業が非日常的なものになったからだ。

この島に転移するまで、授業は日常的なものとして身近に存在していた。小学校に入ってから、人によってはそれよりも前から勉強の日々が続いていた。だから勉強よりも遊ぶほうが楽しく感じられた。

その価値観がこの島で一変したのだ。

遊ぶのは好きな時に好きなだけできる。最新のゲーム機からハイスペックPCまで、〈ショップ〉で簡単に入手可能だから。

一方、授業はそうもいかない。オンラインのビデオ講習であればどうにかなるが、生の教師を前にして受けられる授業は貴重だ。

人間の根源的な〝ないものねだり〟の感覚が、授業を魅力的に感じさせていた。

（俺もいつかは勉強したくなるのかもしれないなぁ）

そんな風に思うが、あいにく今はまだその段階に至っていない。故に、〈サイエンス〉の宣伝を見てもそそられなかった。

「それにしても……やっぱり頭数が多いのは強いな」

〈サイエンス〉では、運営費として毎日1万ｐｔを徴収している。栗原のギルドと違って立場は関係なく、ギルドマスターの増田もしっかり納めているそうだ。

マンモスギルドなので、一人1万の徴収でも150万以上の収入になる。それだけあればギルドの運営で困ることはない。

「〈サイエンス〉の環境は一つの理想系だな」

ポイントを稼ぐ作業――つまり搾乳は午前中に終わる。

昼以降は完全に自由だ。授業を受けてもいいし、遊んでもいい。

潤沢な運営費で防壁を強化しているので夜も安心だ。

万が一防壁を破られても大人数で戦えるから怖くない。

「風斗ー！　牛乳の試飲タイムだよー！」

麻衣が話しかけてきた。いつの間にかウキウキ搾乳タイムが終わっている。

「もう加工まで済ませたのか」

「加工って？」

「牛乳だよ。試飲するんだろ？」

「そうだけど、加工って何？」

「もしかして搾ったお乳をそのまま飲もうとしているのか？」

「もちろん！」

「えぇ……」と、驚いたのは美咲だ。

その反応に、麻衣が「えっ」とびっくりする。

「私、何か間違っている感じ？」

「搾りたてのお乳は牛乳じゃないぞ」

美咲が頷いて同意する。

「そうなの⁉」

「常識だと思ったが……」

燈花と由香里に目を向けると、二人とも知らなかったようで驚いていた。

「加工前のは牛乳じゃなくて生乳っていうんだ」

「へぇ、知らなかった！　で、加工はどうするの？」

「加熱殺菌をしたり、他には……何だろうな」

「さっきまでのドヤ顔に反して詳しいことは分からない感じ？」

「おう！」

「おう、じゃねー！　そこは知っとけよぉ！」

「まぁ待て、検索すれば解決する問題だ」

俺はスマホで生乳の加工法を調べた。

「どうやら殺菌の前に清浄化って作業が必要らしい」

「清浄化？　なにそれ？」

「不純物の除去をそう呼ぶそうだ」

「ろ過ですか」と美咲。

「その通り。専用の機械があるらしいけど、機械を持っていない場合は不織布か何かで濾せばいいんだってよ」

「了解！　みんな手伝ってー」

「ラジャっす！」

すかさず女性陣が麻衣のサポートに入る。

俺も手伝おうとしたが断られた。加工法を読めとのこと。

「清浄化が終わったよー！　次は？」

麻衣はステンレス製ミルクタンクの蓋を撫でた。30リットルも蓄えられるだけあってかなりの大きさだ。

「次はいよいよ加熱殺菌だが、殺菌方法は大きく分けて3種類あるそうだ」

「3種類も？」

「温度と加熱時間が違うらしい。一つ目は約130℃で数秒間加熱する『超高温殺菌』というもので、市販の牛乳はこの方法が一般的らしい」

「ほほぉ。で、二つ目と三つ目は？」

「二つ目は約75℃で15分……『高温殺菌』と呼ぶそうだ。ちなみに、三つ目の『低温殺菌』は約65℃で30分な」

「一つ目はともかく、二つ目と三つ目なんて10℃しか変わらないじゃん。たったそれだけでずいぶんと加熱時間に差があるんだねぇ」

「そのようだ」

「どの殺菌方法がいいの？　やっぱり一つ目？」

「人によるみたいだぞ」

「どういうこと？」

「殺菌方法によって牛乳の味が変わるらしい。サイトの説明が大袈裟（おおげさ）でなければ別物レベルで違うそうだ」

女性陣が「へぇ」と口を揃える。

説明している俺も心の中で「へぇ」と呟いていた。

「市販の牛乳に似た味がよければ超高温殺菌、生乳に近い味がいいなら低温殺菌、間を取りたいなら高温殺菌って感じだと思う」

自信がないので、言い終えた後に「たぶん」と付けておく。

「なら低温殺菌にしようよ！　折角だから市販品とは違う味がいい！」

「いっすねー！」

燈花の賛同もあり、低温殺菌に決まった。

「温度の管理は誰がするの？　風斗？」

「私がやりましょうか？」と、美咲が手を挙げる。

「必要ない、機械に任せよう」

俺は〈ショップ〉で小型の殺菌機を買った。小型といっても業務用なので、俺たちからすれば大型だ。その機械にタンクの生乳を移した。

「色々な味を楽しみたいから半分は超高温殺菌に回そうぜ」

「面倒だから全部低温コースで決定！」

「そう言うと思ったよ」

俺はため息をついた。

「で、低温殺菌モードを選択したけど、この後は？」と、麻衣。

「スタートボタンを押すだけでいいと思うよ」

「簡単なんだねー！」

麻衣はスタートボタンを押した。

タンクがブゥンと唸りを上げて加熱を開始する。


――30分後。


ピピピッと音が鳴って殺菌が終了した。

「よーし、飲むぞー！」

「待て」

「またかよ風斗ぉ！　今度は何さ!?」

「冷まさないと熱いぞ」

殺菌機の牛乳を新しいミルクタンクに移し、瞬間冷却機なる機械を購入。

どう見ても冷蔵庫なそれにタンクごとぶち込んでスイッチオン。

ゴゴゴォという轟音(ごうおん)が何秒か響いた後、キンキンに冷えた牛乳が完成した。

「この瞬間冷却機……明らかに地球上には存在しない機械だ。業務用の冷凍庫に突っ込んでもこんなに早くは――」

「何でもいいじゃん！　さっさと飲もうよ！」

「あぁ、そうだな」

皆のコップに手作り牛乳を注ぎ、洞窟の前で乾杯する。

「見た目は普通の牛乳だな」

期待と不安を抱えながらグビッと一口。

(これは……)

俺の眉間に皺が寄る。

同じタイミングで麻衣も「うげぇ」と舌を出した。

「いつも飲んでる牛乳と味が違いすぎぃ！」

「低温殺菌だとこんな味になるんだな」

「ウシ君ごめん、低温殺菌だとあんまり美味しくないよ……」

申し訳なさそうにウシ君のお腹を撫でる麻衣。

ウシ君は「気にするな」と言いたげに鳴いた。

「私は好き、この味」

由香里は美味しそうにゴクゴク飲んでいる。コップが空になると迷わずおかわりした。

「見て見て！　上にクリームの層ができてるっす！」

皆にコップを見せる燈花。

麻衣が「ほんとだー！」と声を上げ、由香里も「おお」と驚いた。

「クリームの層ができるのはノンホモだからだな」

「ノンホモ⁉　なんすかそれ！」

「ノンホモジナイズ、つまり均質化されていないってことだ」

「もうちょっと分かりやすくお願いっす！」

「市販の牛乳は清浄化と殺菌加工の間に均質化って工程を挟むんだ。これをすることで味のムラがなくなってクリームの層もできなくなる」

「おー！　そうだったんすか！　風斗は物知りっすねー」

「さっき見た解説サイトに書いてあった」

「カンニングっすかー！」

燈花はケラケラと笑い、それから尋ねてきた。

「でも、なんで均質化しなかったっすか？」

「均質化しなくても飲めるし、専用の機械は数十万もするからな。もったいないからポイントを節約しようかなって」

「なるほどっす！」

しばらくの間、静かにノンホモ牛乳を飲む俺たち。

馴染みない味でもすぐに慣れるだろう……と思ったが慣れなかった。

（やはり俺は市販の牛乳がいいな）

そんなことを思っていると。

「とーこーろーでー！　余った牛乳はどうしますか？　流石に5人じゃ30リットルは飲み

きれませんよ！」

謎の丁寧語を繰り出す麻衣。

「タロウに飲ませたらどうだ？　市販の牛乳と違って日を跨いで使うのは不安だし」

「いいねそれ！　採用！」

「やったっすねー、タロウ！」

燈花の傍で伏せていたタロウが高音の「ブゥ」で答えた。

「あ、いくらか分けてもらっていいでしょうか？　バターやチーズ、ヨーグルト等を作るのに使ってみたいです」

美咲が手を挙げる。

「乳製品に加工するとは考えたな。流石は美咲だ」

「面白そう！　美咲、私にも教えてよ！」

「私も教えてほしいっす！」

「私もお願いします、美咲さん」

女性陣が食いつく。

美咲は「分かりました」と微笑んだ。

「タロウ、ごめんね。牛乳をあげるの、もう少し後になりそう」

麻衣の言葉に対し、タロウは低音の「ブゥ」で答えた。楽しみにしていたようだ。

「どんまい、タロウ。これでも飲んで機嫌をなおせよ」

俺はコップに半分ほど残っていた牛乳をタロウに飲ませた。

【忘れられていた仕様】

日曜日も休日らしくのんびり過ごし、月曜日を迎えた。

平和ウィークの終了まで、残り2日。早いものだ。

朝食後、皆でだらだらと過ごしていた。ダイニングテーブルから動かず、のほほんと雑談を楽しむ。気持ちは未だに休みだった。

「さて、そろそろ働くとするか」

ようやく重い腰が上がった10時00分——。

ピロロッ!

俺たちのスマホが一斉に鳴った。

浮いたばかりの尻が再び椅子に戻る。

「そうか、月曜日だから選挙があったんだな」

「すっかり忘れていたっすねー!」

毎週月曜日にギルドマスターを決める選挙が行われる。

通知が出るまで欠片ほども覚えていなかった。グループチャットでも話題に上っていなかったので、他所の連中も忘れていたに違いない。

「まずは選挙に立候補するか決めるみたいだな」

スマホを見ながら話す。

「立候補しないにしといたよー」と麻衣。

他の女性陣もそれに続いた。

「俺も立候補しないにしたらどうなるんだろうな？」

「その場合は風斗がそのままマスターを継続っしょ」

「そうとは言い切れないぜ。立候補者不在でギルドが解体されるかも」

「あー、その可能性もあるのかぁ！　でも気になるなぁ！」

麻衣がチラチラと目で「立候補しないを選べ」と訴えてくる。

俺も好奇心には勝てなかった。

「試しに立候補しないを選択してもいいかな？」

「その前にギルド金庫のポイントを移しておきましょう」と美咲。

「賛成だ」

全てのポイントを俺に移す。これでギルドが潰れてもすぐに立て直せる。

「やるぜ」

恐る恐る立候補しないを押すと――。

『立候補者がいなかったため、漆田風斗がギルドマスターを継続することに決定しました』

引き続き俺がマスターを務めることになった。

「麻衣の言った通りだったな」

「でしょー！」と、何故かドヤ顔の麻衣。

これで俺たちの選挙は終了だ。

「他所はどうなっているんだろうな」

「ウチらと一緒じゃない？　わざわざ選挙で決めようとするところなんてないっしょ」

「そっすよねー！」と燈花。

「他所のことは分からないからなんともだな」

俺はグループチャットで選挙の話に触れた。

まずは誰も立候補しなかった場合の情報を共有する。

相手に情報を求める際は、先にこちらから情報を提供するといい——この島で過ごしていて学んだことだ。

ほどなくして各ギルドから報告が上がってきた。〈サイエンス〉を始め、大半のギルドが投票に発展することなく終了したようだ。

（まぁそうなるか）

現行の方針に不満がない限り、新たな立候補者が出ることは稀だ。

そんな中、派手な選挙活動を繰り広げているギルドがあった。

五十嵐率いる〈スポ軍〉だ。10人を超える立候補者が激しく競っている。

　といっても、本気で争っているのではなく、ネタとして楽しんでいるだけだ。

『俺がマスターになったら消費税をゼロにします！』

『社会保障って何のことかよく分からないので全部カットしまーす！』

『全国民に毎年500万円ずつ支給して経済を活性化します！』

　グループチャットで〈スポ軍〉の立候補者らが公約を語っている。他のギルドに所属している部外者連中がノリノリで応援していた。

「やっぱり真面目に選挙なんかしているギルドは……おっ？」

　一つあった。怖いくらいに真剣で、険悪な雰囲気を醸し出しているギルドが。

　暴君こと栗原率いる〈栗原チーム〉だ。

　栗原以外にも二人の生徒が立候補しており、栗原はそのことに激怒していた。

　その二人とは吉岡と矢尾だ。

「え、矢尾が立候補してんの!?　あの矢尾!?」

　驚きのあまり机を叩く麻衣。

「どうやらそうらしい」

　矢尾のことは俺たちも知っている。眼鏡を掛けたモジャモジャ頭のいじめられっ子で、とても立候補するタイプには見えない。

「矢尾に勝ち目なんてあるっすか？」

「難しいだろう。栗原か吉岡の勝利が濃厚じゃないか」

「そっすよねー!」

「つーか、そもそも何で立候補したんだろ?」と麻衣。

「誰かに立候補させられたんだろう、無理矢理」

「ありえそう」

矢尾はネタ枠として、注目すべきは吉岡だ。

彼は栗原と仲がいいはずだが、完全に反旗を翻していた。

『最近のクリは独裁が過ぎる。漆田を殺そうとしたり、ペットボトルトラップを奪ったり、とにかくやり過ぎだ。そのせいで他所のギルドから避けられている。俺がマスターになったらそんなことは絶対に許さない!』

グループチャットで熱弁する吉岡。チャットの反応を見るに、どうも選挙に備えて裏で動いていたらしい。事前に票固めをしておくとは大した男だ。

「いいこと言うじゃん!　吉岡!」

「あいつがマスターなら関係を改善できるかもしれんな」

俺は「よく言った!」というセリフ付きスタンプを送信。

それを皮切りに、大量の部外者が好意的なスタンプを吉岡に飛ばす。

この外圧とも言える反応が栗原にとって不利に働くのは確実だ。

「じゃ、そろそろ作業に……」

「その前に牛乳寒天でも食べていかない?　朝作ったんだよねー!　もちろんウシ君のお

乳を使ったよ！」

「おー、食べる食べる」

麻衣はキッチンの冷蔵庫から牛乳寒天を取り出した。適当なサイズにカットして綺麗なガラスのお皿に盛り付ける。みかん入りで美味しそうだ。

「ほれ、召し上がれぃ！」

「サンキュー」

さっそく食べてみたところ、想像以上に美味しかった。よく冷えているのもグッド。

「市販の牛乳寒天にも負けていないぞ」

「やったね！」

「モー♪」

麻衣は大喜びで、ウシ君も嬉しそうだ。

「それにしても――」

周囲を見回す。5人の人間に、牛、サイ、犬、オコジョ、ハヤブサ。

「――約2週間でずいぶんと仲間が増えたものだ」

「初日は私と風斗の二人だったのにねー」

「だなぁ」

しみじみと思いつつ、本日の作業に臨むのだった。

【選挙の行方】

次の日――。

麻衣と由香里が拠点で昼ご飯を食べているであろう頃。

俺は、美咲と燈花を連れて海に来ていた。

「どんな船になるか楽しみっすねー！」

「キッチンのある船だと嬉しいです」

「その辺は価格と相談だな。どうなるかは俺にも分からん！」

これから船のアップグレードを行う。

昨日の漁で【漁師】のレベルが20になったからだ。

新たに追加された効果は「船の購入・拡張費用が安くなる」というもの。正確には75％オフになる。

アップグレードに伴い船の所有権を俺に戻している。

「できるだけ大きくて速い船となると……」

船のリストを見ながら吟味する。

「うーん、カタログスペックだけだと今ひとつイメージできないな」

できれば試乗して決めたいが、残念ながらそんな機能はない。一つ一つレンタルして試すのもポイントの無駄だし、直感で決めることにした。

「これだ！　これにしよう！」

選んだのは中型のガレオン船。

アップグレード費は50万。【漁師】の割引き後ですらこの額だ。

「いくぜ！　これが俺たちの新たな船！　ガレオンだ！」

ポチッと画面をタップ。

スループが光に包まれ、新品ホヤホヤのガレオンに生まれ変わった。

それを見た俺たちの感想は――。

「デケェ！」

「中型どころか大型じゃないっすかー！」

想像以上に大きかった。マストは3本に増え、船内にも入れるようになっていた。

「商品説明によると船内に調理場があるはずだ」

「本当ですか？　見たいです！」

美咲が声を弾ませる。

「さっさと乗船して出航だ！　たくさん稼ぐぞ！」

「「おー！」」

俺たちは搭乗用のスロープを進んだ。

◇

自動操縦のガレオン船が魚群に向かって突き進む間、俺たちは船内で過ごしていた。

エアコンが効いているので快適極まりない。スループと違って優雅なものだ。

「ここにはオーブンレンジを置きましょう。そうなると、こっちには……」

美咲は独り言を呟きながらキッチンを整えている。調理器具を設置する度、「いいですねぇ」と満足気に微笑んでいた。

燈花はソファに座ってテレビを視聴している。ソファやテレビ台は、広々とした船内のど真ん中に設置された。テレビの映像は乱れることなく鮮明だ。

俺はベッドでゴロゴロ。船体が大きくなったおかげで揺れが減って快適だ。念のために酔い止めを服用しているが、この調子だと必要ないだろう。

「風斗ー起きているっすかー?」

仰向けで目を瞑っていると燈花が話しかけてきた。テレビに飽きたようだ。

「起きているよ、どうした?」

「決選投票の結果はどうなると思うっすか?」

「投票……ああ、栗原のところか」

「そうっす！」

栗原のギルドでは未だに選挙が続いていた。上位二人の得票数が同じだったからだ。今は決選投票が行われている。一対一のガチンコ対決だ。

戦っているのは――吉岡と矢尾の二人。

栗原の落選は予想通りだったが、矢尾の躍進は予想外だ。

俺ら部外者は吉岡の圧勝で終わると思い込んでいた。

「やっぱり吉岡の勝利っすかね？　それとも矢尾っすか？」

「どうだろうな、情報が少なすぎる」

部外者は盛り上がっているが、当の栗原たちからは情報が出てこない。昨日は声高に栗原を批判していた吉岡ですら、今日はだんまりを貫いている。

ただ、俺たちは少しだけ情報を得ていた。麻衣が個別チャットを駆使して栗原ギルドの女子から聞き出していたのだ。

それによると、昨日の投票では女子のほぼ全員が吉岡に投票していた。吉岡が暗躍の末に獲得した票田が女子だったのだ。

そのため、女子の多くが吉岡の勝利を確信していた。吉岡自身も自分が勝つと信じて疑わなかったようだ。だから今朝の栗原ギルドはざわついていたらしい。

女子の大半を味方につけてもなお、吉岡と矢尾の票数は同じだった――。

それはつまり、矢尾が男子から圧倒的な支持を得ていることを意味する。

また、矢尾が自分の意志で立候補したことも判明した。その動機や男子に支持されている理由は分かっていないが、彼が本気で選挙を勝とうとしているのはたしかだ。男子からの支持は、何かしらの見返りを条件に取り付けたものだろう。吉岡の票田が女子なら、矢尾の票田は男子だ。

決選投票が決まると、矢尾はギルド専用のグループチャットで発言した。

『俺が選挙に勝ったら即座に栗原を追放する。吉岡と栗原は仲がいいから、吉岡がギルドマスターになっても栗原は追放されない。それがどういうことか分かるか？　吉岡が勝った場合、栗原に投票しなかった人は栗原の報復を受ける可能性が高いってことだ』

こうして危機感を煽った後、矢尾は自らの公約を語った。どうやってポイントを稼ぐのか、どんなルールを設けるのか。ひたすら「栗原のままだとダメだ」と訴える吉岡よりも具体的だった。

「なんにせよ明日の10時に結果が出る。その時まで待つしかないさ」

選挙の行方に、誰もが注目していた。

◇

転移15日目、水曜日。

平和ウィークの終わった今日、ついにアイツがやってきた。

　――雨だ。

　目が覚めた頃には土砂降りだった。これまでの晴天が嘘のように降りまくっている。食べ放題で「元を取るぞ」と意気込む食いしん坊の如き勢いだ。

　ちなみに、今日の日本は全国的に晴れていた。天気予報では「絶好の洗濯日和」などと言っている。

「こりゃ今日の作業は中止だな」

　水平にした右手を額に当て、洞窟の外に向かって呟く。

　足下を見ると、地面に溜まった泥水が流れ込んできていた。

　それらは床に吸収され、侵入から間もなく姿を消した。

「風斗ー！　10時になったよー！」

　リビングから麻衣の声が聞こえる。いよいよ吉岡と矢尾の対決が終わった。

（まさか選挙結果にワクワクする日が来るとはな）

　俺はリビングに戻った。

　女性陣はダイニングテーブルを囲み、動物たちは自由にくつろいでいる。

　普段は調理に勤しむ美咲も、今日は椅子に座っていた。

「どうだ、結果は公表されたか？」と、麻衣に尋ねる。

「まだだけどもうすぐ出ると思う」

　俺は空いている椅子に座った。美咲と燈花の間だ。

「皆はどっちが勝つと思う？　吉岡と矢尾」

「私は吉岡だと思うなぁ！　決選投票でも女子の票は吉岡に固まっていたし。男女の数に差があるといっても、女性票を固められたらおしまいでしょ！　1回目の投票で栗原に入れた連中は吉岡に投票するだろうし！」

麻衣が真っ先に答えた。

由香里も「同感」と吉岡に一票。

「私も吉岡が有利かなとは思うけど、ここはあえて矢尾を推すっす！」

燈花は矢尾に一票。

「美咲はどう見る？」

「私は――」

「あ！　結果が出たよ！　グルチャ見て！」

麻衣が遮る。

俺たちは慌ててグループチャットを確認した。

複数の生徒が選挙結果を伝えている。

決選投票に勝ったのは吉岡――――ではなく、矢尾だった。

いじめられっ子が下剋上（げこくじょう）を果たしたのだ。

【アローテールの誕生】

矢尾は選挙が終わるなり動き出した。

これまでの沈黙を破り、学校全体のグループチャットで栗原を追放したと発表。俺たちは麻衣のおかげで知っていたが、一般には今回が初出の情報だった。

当然、グループチャットには驚きが広がった。

それに伴いギルド名も変更された。初期設定の〈栗原チーム〉という名称は廃止され、〈アローテール〉という名に生まれ変わった。

続いて矢尾は、サブギルドマスターを吉岡にすると宣言。

チャット上では「矢尾と吉岡はグルだったのか」という憶測が広がったが、矢尾はこれを否定。票数が僅差だったから選んだと主張した。状況を考えると説得力がある。矢尾と吉岡がグルなら、そもそも決選投票にもつれ込んでいないだろう。

次に矢尾が着手したのはギルドの方針だ。

その内容は〈サイエンス〉を模倣したもの。ランク制を廃止し、立場に関係なく毎日1万ｐｔを徴収する。さらに金策方法は原則として酪農を採用し、ペットボトルトラップの強奪は認めない。

これも俺たちは知っていたが、一般には初出の情報だった。

『漆田のギルドには本当に申し訳ないことをした。謝って許されることではないと承知しているが、それでもギルドを代表して謝らせてほしい。ごめんなさい』

方針の説明が終わると、俺たちに対する謝罪が行われた。

『ウチのメンバーが迷惑をかけるようなことがあったら教えてほしい。こちらに非がある場合は厳しく注意し、改善が見られない場合は速やかに追放する』

これは俺たちだけでなく全員に対する宣言だろう。栗原が支配していた頃とは違う、とアピールしているのだ。

「矢尾って思ったよりしっかりしていそうっすね！」

燈花はスマホを見ながら言った。

「出だしはいい感じだな。グループチャットの反応も好意的だし、負けた吉岡も表向きは協調路線でいくことを表明している」

これからどうなるかは分からないが、この調子ならしばらくは大丈夫だろう。

少なくとも俺たちに害を及ぼすとは考えにくい。

「お！　さっそくアロテに動きあり！」

麻衣が個別チャットで情報を入手したようだ。

「アロテって……もう略称が決まったのかよ」

苦笑いしつつ、俺は「それで?」と先を促した。

「住居をシャッフルするみたいだよ」

「どういうことだ?」

「今は男子と女子で洞窟を分けているじゃん? それを完全なランダムにするんだって。新たな割り当てはくじ引きで決めるみたい」

「なんでそんなことをするんだ?」

「矢尾が言うには差別の残り香を払拭するためらしい」

「差別の残り香? なんだそれ?」

「ランクによって部屋の豪華さに差があったからじゃない? それと美咲が抜けた後のAランクは男しかいなかったから、男子の洞窟だけ発展し過ぎていたみたい」

「それで部屋割を変えるわけか」

「矢尾って女子思いっすねー!」

「それはどうだろうな」

「え、違うっすか?」

燈花が首を傾げる。

「女子の洞窟が発展していないなら、ギルドの金庫にあるポイントで拡張してやればいい。わざわざシャッフルする必要はないし、女子は女子だけで過ごせるほうが安心だと思う」

かつて栗原が洞窟の割り当てを説明した時、多くの女子が喜んでいた。

「それだけじゃない。部屋割をくじで決めるのは男子にとっても嬉しくない話だ。もし女子が使っている洞窟へ移ることになったら環境が悪くなるわけだし」

「風斗に一票！」と、麻衣が手を挙げた。「家具を動かすのだって面倒だし！」

「なるほどー、そういう考え方もあるっすねー」

「で、実際のところはどうなんだ？」と、麻衣を見る。

「待ってね」

しばらくの間、麻衣はチャットでやり取りを行った。

「なんとびっくり！　男女両方から好評みたい！」

「マジで？　どうしてだ？」

「今までも女子の洞窟に男子が入っていたらしいよ、徘徊者戦の都合で。だから男子と同じ空間で過ごすことに抵抗がなくなっているのかも？」

「女子はそれでいいとして、どうして男子からも好評なんだ？」

「それは分からないや。私の情報源は女子だけだから」

〈アローテール〉に所属する男子の気持ちを想像してみた。これまでの環境で嫌になるとしたら何があるのだろう、と。

その結果、野郎だらけのむさ苦しい空間が嫌だったのかも、と結論づけた。喩えるなら男子校に通う男子が共学校を羨むようなものだ。

部屋の質が落ちるリスクがあるとしても、男女混合の部屋割になったほうが花があって嬉しいのかもしれない――そんな風に考えると納得できた。

「俺が女なら洞窟は性別ごとに分けていてほしいが……ま、内と外では見え方が違うのだろう。男女ともに好評なら次の選挙も安泰そうだな」

素直に矢尾の勝利を祝うとしよう。

俺はグループチャットを開き、矢尾に「おめでとう」のスタンプを送信。

矢尾からは「ありがとう」のスタンプが返ってきた。

◇

昼が過ぎても、えげつないレベルの土砂降りが続いていた。

テレビではお天気お姉さんが「久々の快晴ですね」などと言っている。なんだか再放送でも観ているかのようだ。

そんなわけで、臨時休業が継続されることになった。

「ふんふんふーん♪」

美咲は今日も上機嫌で料理に励んでいる。何を作っているのかは不明だが、何であっても美味いことは間違いない。漂う香りがそれを物語っていた。

由香里はダイニングでルーシーと戯れている。

「ルーシー、お手」

「キィ！」

「おかわり」

「キュイ！」

「ルーシー、賢い」

「キュイイイイイイ！」

ルーシーは「お手」で右足、「おかわり」で左足を動かすようだ。

「はぁ、風斗弱すぎぃ！」

「風斗頼むっすよー！」

「誘っておいて酷い言い草だな……」

俺は麻衣たちと遊んでいた。リビングのソファに並んで座り、３人でチームを組んで戦うオンラインゲームをプレイ中だ。

麻衣と燈花はベテランだが、俺は今回が初プレイ。遺憾なく足を引っ張っていた。

「コツは分かった。次は勝つぞ。俺の指示に従って動けよ！」

「いやぷー」と麻衣。

燈花が「キャハハ」と笑い、新たな戦いに身を投じようとする。

そんな時だった。

「漆田ァ！」

「ん？　なんだ燈花。苗字(みょうじ)で呼んでくるとは珍しいな」

「いやいや自分じゃないっすよ！　ていうか明らかに男の声だったじゃないっすか！　風斗の耳バグってないっすか？」

「言われてみればたしかに男の声だったな」

ハッとする。

「もしかして外に誰かいるのか？」

麻衣と燈花が口を揃えて「まさか」と笑う。

「敵のボイチャが聞こえたんじゃない？　風斗のプレイヤーネーム『漆田』だし。こっちの声は発信できなくても相手の声は普通に聞こえるし、この島」

「そっすよ！　こんな土砂降りの日に誰か来るわけないじゃないっすか！」

「そうだけど……気になるから見てくる」

俺は立ち上がり、出入口に向かう。

「捜したぞ、漆田」

燈花の予想は外れていた。

防壁のすぐ外に大柄の男が立っていたのだ。

「お前は……」

男は雨に打たれてずぶ濡れになっている。傘を差しておらず、雨合羽(あまがっぱ)も着ていない。

そいつの名は——。

「栗原！」

【第四章　エピローグ】

「風斗ー、誰かいたのー？」

「早くゲームするっすよー」

様子を見に来る麻衣と燈花。

そして、二人も栗原に気づいた。

「うっそぉ！　栗原じゃん！」

「わお！　栗原っすよ！」

二人は驚き、同じタイミングで言った。

その声が聞こえたようで、美咲と由香里もやってくる。

「美咲ちゃん！」

美咲が現れた瞬間、栗原の視線は一点に集中した。

「栗原君……どうしてここに？」

「どの面下げてっつう話なのは分かってるけど――」

栗原が俺たちに向かって頭を下げた。

「──今までしたことを謝る。だから俺を仲間に入れてくれ！」

自らのギルドから追放された残念な暴君。かつての威勢は見る影もなく、そこはかとなく哀愁が漂っている。

そんな男が最後に頼ったのは、これまで嫌がらせの限りを尽くしてきた俺たちだった。他に当てがないのであろう。怒りや呆れを通り越し、もはや憐れみすら感じる。

もちろん俺の答えは決まっていた。

「入れるわけないだろ、馬鹿を言うな」

「お願いだ、漆田。この通りだ」

栗原は地面に膝を突き、そのまま土下座を始めた。土砂降りの中、水溜まりに額を擦りつけている。プライドの高い男からは予想もできなかった姿だ。

それでも──。

「土下座されても返事は同じだ。仲間に入れることはできない」

「漆田！」

「栗原、お前は俺を殺そうとしたんだぞ。その事実は消えない。わるいが俺は聖人じゃないんだ。自分のことを殺そうとした奴と同じ空間では過ごせない」

「………………」

数秒間の沈黙を経て、栗原は立ち上がった。

真っ直ぐに美咲を見つめる。

「美咲ちゃん、俺と一緒にどこかへ行こう」

「えっ？」

美咲の目が大きく開く。

俺たちも同様の反応を示していた。

（この男は何を言っているんだ……？）

誰もがそう思う中、栗原は真剣な表情で訴える。

「俺は美咲ちゃんのことが好きなんだ。本気で惚れているんだ」

「えっと……」戸惑う美咲。

「美咲ちゃん、こいつらに同行する時、言っていたじゃないか。『生徒を二人きりにはさせられない』って。今の俺は二人どころか一人だ！　こいつらより酷い状況だ！」

なるほど、栗原の魂胆が読めた。

奴は最初から俺たちの仲間に入れるとは思っていなかったのだ。

本命は断られた後――美咲を引き抜くことこそ真の目的だった。

土下座して断られるというワンクッションを挟むことで不憫さを演出したわけだ。

切羽詰まっているわりに考えていやがる。なんて狡猾な男だ。

「行こう、美咲ちゃん！　断る理由なんてないだろ⁉」

「………………」

美咲は何も答えない。静かに栗原を見つめたまま固まっている。

「どうするのよ、風斗。これマズくない？　美咲の性格上、断れないっしょ」

麻衣が耳打ちで尋ねてくる。

「どうするもこうするもないだろ……！」

俺たちのギルドは自由だ。来る者を拒むことはあっても去る者は追わない。美咲が抜けると言うのであれば、それを止めることはできない。

どんな答えであっても、俺は彼女の意思を尊重しようと思った。

「栗原君……」

長い沈黙の末、美咲が口を開いた。

「私は貴方と一緒に行くことはできません」

一瞬の間ができる。誰もが口をポカンとした。

「どうしてだよ！　もしかして拠点が心配なの？　それなら安心してくれ！　俺、フリーの拠点を知っているんだ！　だから大丈夫だよ！」

「そういうことではありません」

「だったらなんで!?」

「貴方は人として越えてはならない一線を越えてしまいました。にもかかわらず、自分のことばかり考えていて全く反省していません」

「反省ならしているって！　さっき土下座しただろ！」

「土下座はしましたが、貴方の姿からは反省の気持ちが感じられません」

「だったらどうすれば反省している風に見えるんだよ！」

防壁を叩く栗原。

「それは私にも分かりません。ですが、本当に反省しているのであれば、今のような態度にはならないと思います」

「…………」

栗原は言葉を失い、膝から崩れ落ちた。本気で絶望している。

「また、もしも今後、貴方が心から反省したとしても、私が貴方と二人で行動することはありません。私は〈風斗チーム〉のメンバーです」

美咲が「それでは」と栗原に背を向ける。

「嫌だ！　嫌だよ美咲ちゃん！　お願いだから俺を見捨てないでくれよ！　美咲ちゃんにまで見捨てられたら、俺、俺……本当に一人になっちまう！　一人じゃ死んじまうよ！」

防壁にしがみついて泣き喚く栗原。

彼のことは嫌いだが、こんな無様な姿は見たくなかった。

あまりにも男らしさに欠けていて、そして、あまりにも醜い。

「一人だと死んでしまうのですか」

美咲が振り向いた。

「そうだよ！　一人じゃ死んじまう！　美咲ちゃんのせいで死ぬんだ！」

「そうですか……」

美咲は防壁に近づき、腰をかがめ、目線を栗原に合わせた。

「だったら死ねばいいのではないでしょうか」

「え……」

驚きのあまり固まる栗原。

俺たちも耳を疑った。

「何度も言いますが、貴方は人を殺そうとしました。なのに反省していません。そんな人間は見捨てられて当然です。更生の余地などありません」

「みさ……美咲……ちゃん……？」

美咲は立ち上がり、栗原を見下ろす。

「先ほど貴方は、私のことが好きだと言いましたね。惚れていると。ですが、私が貴方に抱いている感情は嫌悪です。好意から最も遠い気持ち。断言します。栗原君、私はあなたのことが嫌いです。心の底から大嫌いです。貴方のような人間を見ていると反吐が出ます」

完全なオーバーキルだ。

栗原の目は虚ろになっていた。

それでも美咲は止まらない。

「栗原君、よく見ていてください」

「見るって、何を……」

次の瞬間、美咲は俺にキスしてきた。俺の頭に両腕を回し、口内に舌をねじ込んでくる。万能薬を口移しで飲まされた件を除けば人生初のキスだった。

（なんで俺にキス⁉）

突然のことに驚いたが、俺は自然と受け入れていた。前に美咲と観た過激な恋愛ドラマのようなキスを堪能する。

栗原や女性陣が見ている前で、俺たちは貪るように舌を絡め合った。

「これが私の気持ちです」

キスが終わると、美咲は栗原に言った。

「あ……嗚呼……嗚呼……」

栗原は壊れたように呻く。目からは涙が、半開きの口からは涎がたらたらと流れていた。

「それでは、さようなら」

冷たく言い放ち、リビングに向かう美咲。

そのまま彼女の姿が消えそうになった時――。

「ガァァアアアアアア！」

栗原が吠えながら立ち上がった。

そして、怒りに満ちた顔で俺たちのことを睨んだ。

「漆田！　お前は殺す！　女は犯した後で殺す！　美咲、お前もだ！」

栗原の右ストレートが俺に向かって飛んでくる――が、防壁が守ってくれた。

「お前らは絶対に許さねェ！　平和に過ごしたいなら拠点に籠もってろ！　二度と出てくるな！　出てきたら殺してやる！　絶対だ！　絶対に殺してやる！」

捨て台詞を吐くと、栗原は森の奥へ消えていった。

「犯すとか殺すとかって本気なのかな……？」

麻衣が不安そうに呟く。

全員の顔に少なからず恐怖の色が窺えた。

「奴の性格的に、俺たちよりも〈アローテール〉の面々を恨みそうだが……それでも油断できないな。魔の手が俺たちに及ぶ可能性は十分にある」

「私のせいです。出過ぎた真似をしてすみませんでした」

美咲が深々と頭を下げる。

「そんなことないさ。むしろスカッとしたぜ！」

「そうっすよ！　かっこよかったっす！」

「風斗なんておこぼれでキスしてもらえたもんね！　興奮したんじゃない？」

「その件はあえてノーコメントで」

「何がノーコメントだよー、喜んでいるのが丸分かりだっての！」

からかうように笑う麻衣。

燈花が「そっすよー！」と便乗した。

「美咲さん、ずるい」

そう呟く由香里の頰は、餌の詰まったシマリスの頰袋並みに膨らんでいた。

「ともかく、今後は栗原に用心しないとな」

いや、用心だけでは足りない。対策が必要だ。何かあってからでは遅い。

(面倒くさいが引っ越しを検討したほうがいいな)

そんなことを考えながら、皆とともにリビングへ向かう。

ソファに腰を下ろすと、中断していたゲームを閉じて〈履歴〉を開いた。

案の定、栗原がペットボトルトラップを根こそぎ奪っていた。

◇

昨日は土砂降りのまま終わった。

久しぶりで不安だった徘徊者戦も特に問題なし。

俺たちの倒したゼネラルは復活していなかった。


夜が明けて転移16日目——。

本日の天気は晴れ。昨日と打って変わっていつもの晴天に戻っていた。

「で、栗原対策は何か考えた？　漁ができないと金欠になっちゃうけど」

朝食時に麻衣が尋ねてきた。

「安全を確保する方法ならあるよ」

「流石！　どうするの？」

「外出時に乗り物を使えばいいんだよ」

「マウンテンバイクで移動するってこと？」

「いや、車のほうがいい。チャリは追いつかれる可能性が高い」

「車って……。私ら免許ないじゃん！」

「この島じゃ免許は関係ないだろ」

「それもそうだけど、運転できないのには変わりないでしょ？」

「まぁな。だが問題ない。俺たちの中に運転できる者がいる」

麻衣はハッとして美咲を見た。

無言で焼き魚を食べていた美咲が顔を上げる。大きな胸がぷるんと動いた。

「洞窟の外を領地化すれば安心して乗車できる。拠点から海まで車で運んでもらえれば安全だと思うのだがどうかな？」

「え！　車の運転をさせていただけるのですか？」

美咲は嬉しそうに言った。目がキラキラと輝いている。

「車ってちょー高くないっすか？」と燈花。

「物にもよるがレンタルなら50万程度だ」

「高いっすねー。でも、それなら大丈夫っすね！」

「じゃあ防壁から出る時は車を使うってことで決定だね！」

麻衣は「ちょっと失礼」とスマホを取り出した。栗原に関する情報が何か入っていないか確認しているのだろう。

「どうだ？」

「特になし。栗原、完全に雲隠れしているね」

「フリーの拠点を知っているらしいし、そこで過ごしているのだろう」

麻衣は「かもね」と会話を打ち切り、話題を変えた。

「コクーンのアイコンが点滅しているのって私だけ？」

皆が一斉にスマホを確認する。

結果、俺たちのアイコンも点滅していた。

「お知らせの類は何も出ていないが……」

コクーンを立ち上げると〈地図〉が点滅していた。

導かれるがまま〈地図〉を開く。

「なんかピンが刺さっているぞ」

知らない座標に印がついている。この拠点からだとかなり遠い。

「私のもピン止めされている！」と麻衣。

美咲、燈花、由香里も同じだった。

「〈地図〉で見た限り何の変哲もない場所だが……」

「行ってみない?」

「そうだな。気になるし行ってみるか。遠いが車なら問題ない距離だ」

「運転は私がしていいのですか⁉」

興奮した様子の美咲。

「そのつもりだが頼めるか?」

「お任せ下さい!」

美咲は最高の笑顔で胸を叩いた。

その手を弾く胸を見て、俺も最高の笑みを浮かべた。

◇

朝食後、俺たちは洞窟を出た。

洞窟前の木々が生えていないエリアを領地化する。

領地内なら防壁が守ってくれるので絶対に安全だ。

「では車のレンタルに移ろう。予算内であれば美咲の好きな車を選んでくれていいよ。その代わり全員が乗れるやつで頼む」

「分かりました!」

ウキウキの美咲が車をレンタルした。

　愛車と同じ真紅のSUVだ。

「この車はオフロードでも大丈夫？」

「もちろんです！」

「OK」

　さっそく車に乗り込む。

　運転席に美咲、助手席に俺、他は後部座席に座る。

　人間の他にはルーシーも同乗しており、由香里の膝で羽を休めていた。

「風斗君、シートベルトを」

「日本じゃないのに必要なのか？」

「必要です」

　きっぱりと断言されては仕方ない。俺は素直に従った。

「お前ら、大人しくしているんだぞ」

「ブゥ！」「ワンッ！」「モー♪」「チチッ」

　お留守番のペットたちが並んで座っている。

　オコジョのコロクはタロウの角にしがみついていた。

「よし、行くか！」

「はい！　発進します！」

　美咲がアクセルを踏み込み、SUVが領地の外へ飛び出す。

俺たちは謎の座標に向かって出発した――。

あとがき

絢乃(あやの)です。

大変ありがたいことに、このたび第2巻を出させていただくことができました。

それもこれも全て、読者の皆様が第1巻を買って下さったからに他なりません。昔と違って読書が安価な娯楽とは言えなくなりつつある中、第1巻を買って下さり本当にありがとうございました。

また、第1巻に続き第2巻もご購入いただけたこと、心より感謝しています。

絢乃の代表作に『異世界ゆるっとサバイバル生活』（以下「ゆるサバ」と略）という作品があり、そちらのあとがきではいつも、その巻の内容について触れています。

本巻でも同じ調子でいこうと考えていたのですが、不意に一本調子なあとがきもどうかと思い、今回は絢乃自身について書くことにしました。

余談ですが、絢乃は自分について同業の作家さんや編集さんにすら全く話さないため、業界内でも「絢乃ってどんな奴なんだ？」と思われています（笑）。

そんな謎多き絢乃が誕生したのは２０１９年の4月頃になります。

ペンネームに深い意味はなく、ただ「絢」という字を使いたいから絢乃にしました。では「絢」という字に何かしらの思い入れがあるのかと言えばそんなこともなく、その時にパッと閃いた字が「絢」でした。もし「豚」という字を閃いていたら、ペンネームは「豚子」になっていたかもしれません。

また、最初は今ほど執筆に意欲的ではありませんでした。というのも、当時の絢乃にとって執筆はリハビリの一環だったのです。

その年の2月、絢乃は苦楽を共にしてきたペットを失いました。死因は脳（厳密には目の裏の）腫瘍によるもので、発覚の数日後に手術したのですが、麻酔から帰ってこないまま旅立ってしまいました。手の平サイズの可愛い小動物だったのが災いしました。

かくしてペットロスに陥ったのですが、これが思っていた以上に酷くて、半年も経たずに体重が10キロも増加し、何かしようにも手が震えて動けず、眠りに就けば亡きペットの夢を見て泣きじゃくるという有様でした。

ペットロスが続く中、絢乃として執筆を始めたのは、無心になって創作活動に明け暮れている間は悲しみを忘れられる、という理由からでした。故に作品の内容など二の次で、とにかく起きている間は執筆していました。

しかし、そんな生活も次第に変化が生じます。「自分は一生こんな生活を続けるのだろうなぁ」と思っていた絢乃ですが、薄情なことに5月頃から落ち着き始めました。

どうしてそうなったのかはよく覚えていません。状況から推測するに、執筆のし過ぎで腱鞘炎（けんしょうえん）を起こしてしまいキーボードを打てなくなったのだと思います。あと、絢乃はペットロスに関係なく病弱で、しばしば寝込むことがあるため、体調を大きく崩したのかもしれません。

とにかく、覚えていないレベルの些末なきっかけを経て精神面が回復し始めます。すると、創作活動にも変化が起きました。創作者なら誰もが持ちうる「多くの人に読んでもらいたい！」という感情を抱くようになったのです。

執筆の意欲が急激に高まり、自分なりに「どうやったら楽しんでもらえるか」を考えて書くようになりました。思惑通りにウケたら「メシが美味い！」と喜び、逆にスベったら「メシが不味い！」とプンプンするようになりました。

その頃からだと思います。執筆がリハビリから趣味に変わったのは。

気がつくと絢乃はウキウキで執筆するようになり、死んだ魚のような目をしつつも笑う日が増えてきました。

そして19年7月下旬、突如として「サバイバル物が書きたい」と思うようになり、活動場所を「ノクターンノベルズ」というサイトに移してゆるサバの連載を開始します。

ちなみに、それまでは別の小説投稿サイトで「ユニークスキル」や「SSSランク」などのワードが跋扈するコテコテのハイファンタジーばかり書いていました。なので、結果的に大きな転換期を迎えることになりました。

その後は少し特殊な経緯を経てゆるサバが書籍化される運びとなり、それに伴い絢乃の中にプロ意識なるものが芽生え始め、なんだかんだと頑張り続けて今に至ります。

以上、絢乃という作家の誕生秘話でした。ちょっと暗いお話になってしまいましたが、今の絢乃は元気に楽しく活動しているのでご安心ください（笑）。

それでは最後に、謝辞を述べさせていただきます。

天由先生、第1巻に引き続きイラストを担当してくださってありがとうございます。先生の素敵な表紙のおかげで第1巻が売れ、こうして第2巻も出版することができました。主婦と生活社様並びに担当編集の山口様、いつもお世話になっております。おかげさまで楽しく作業ができ、満足のいく作品に仕上げることができました。ありがとうございます。

その他、ご支援いただきました全ての方に対し、心よりお礼申し上げます。ありがとうございました。

そして読者の皆様、ここまでお読みくださりありがとうございます。

今後とも『成り上がり英雄の無人島奇譚』をよろしくお願いいたします。

二〇二四年一月吉日　絢乃

この本を読んでのご意見・ご感想・ファンレターをお待ちしております。

〒104-8357 東京都中央区京橋 3-5-7
(株)主婦と生活社 PASH! 文庫編集部
「絢乃先生」係

PASH!文庫

※本書は「小説家になろう」(https://syosetu.com)に掲載されていたものを、改稿のうえ書籍化したものです。
※この作品はフィクションであり、実在の人物・団体・法律・事件などとは一切関係ありません。

成り上がり英雄の無人島奇譚
~スキルアップと万能アプリで美少女たちと快適サバイバル~ 2

2024年1月14日 1刷発行

著　者　**絢乃**
イラスト　**天由**
編集人　山口純平
発行人　倉次辰男
発行所　株式会社主婦と生活社
〒104-8357 東京都中央区京橋 3-5-7
[TEL] 03-3563-5315(編集) 03-3563-5121(販売)
03-3563-5125(生産)
[ホームページ]https://www.shufu.co.jp
製版所　株式会社二葉企画
印刷所　大日本印刷株式会社
製本所　小泉製本株式会社
デザイン　Pic/kel
フォーマットデザイン　ナルティス(原口恵理)
編　集　山口純平、染谷響介

 Printed in JAPAN ISBN 978-4-391-16164-9